文芸社セレクション

曾祖父さんの生きた時間！

秋月　久仁子

AKIZUKI Kuniko

文芸社

曾祖父さんの生きた時間！

枕の下から小さな兵士が出てきた。眠っている僕の額を駆け抜けて行く。ヘルメットを目深にかぶり、銃を担いでいる。また頬の辺りをタッタッタッと駆けていった。僕はヘルメットの顎紐の結ばれた顔を見ようとした。だが、よく見えない。目が覚めた。また見た同じ夢……。

時折ではあるけど、小学六年生の時から見る同じ夢。また見たな、この夢。ゲームの影響かな？

今日こそは祖母の家に行ってお金を借りなければ。授業料の支払いをこれ以上遅らせる訳にはいかない。

コロナの影響でバイトを解雇され金がない。母親の康恵もパートを掛け持ちし親子二人の生活を支えているのに、少し前にシフトを減らされた。何か追い打ちを掛けられているようで気分がへこむ。

おまけに、昨日、家賃の督促状がきているのを目にした。支払期限が過ぎているのだ。そんな母に授業料が払えないと泣きつくのは可哀想過ぎる。

こんな時の頼みの綱は祖母の小夜子だ。

だけど、小さい頃は良く面倒を看てくれていたのに、この困難な時期に祖母ちゃんは大丈夫かとも言ってこない。伯父の健介だって、僕たち親子にはもともと関心はないけど大変なのは分かるはずだ。でも分からない振りをしているのか、それとも手を差し伸べたくとも自分も生活が苦しいのか知らん顔だ。事情があるにしてもこの人達を憎んでしまう。

こんなに金がないのは父親がいないせいか……？

大酒飲みで暴力を振るう父親から僕を護るため離婚をしたと聞いているが、最低の親父でもいてくれたら少しでも金が入ってきたかもしれない。だけど、母親と離婚をした後、死んだらしい。

ママ、もうちょっと我慢できなかったのかなあ？　離婚しなかったら死亡保険金とか、事故死なら損害賠償金とか多額の金が舞い込んできたかもしれないのに。

ついてないなあ。僕たち親子！

死んでも最低なクソみたいな親父。写真もない。ママが全部焼き尽くしてしまったから。だからママの結婚式の写真もない。親の結婚式の写真なんて見たくもないが父親の顔が気になる。

ママは、親父は死んでしまっているし、そっちの親族もみな死に絶えたと言っていた。だけど、そんなの信じられるはずがない。全員死んでしまうなんて。ママの小さかった僕への言い逃れの嘘だと分かっている。

小学校の頃は余所の子にはパパがいるのに何で僕にはいないのか？　世の中に何かあれば両親が揃っている子より僕の方が不利ではないか。何かが襲ってきたら助けてくれる親が余所の子の半分だ。すごく不公平さを感じた。こんな不安が常に僕を取り巻き、この不安が僕を控え目な性格にさせたのかも？

今日、祖母ちゃんに会って、クソ親父のことも聞いてみようかな。もし生きていて、どこかで暮らしているなら会いに行き、今までの僕の養育費を請求してやる。それに、もし別の家族を作って裕福な暮らしをしていたなら、ぶっ壊すと脅してやる。こっちは切羽詰まっているのだ。

だが、それはもう少し後にして、今日は目の前に迫っている授業料のことをなんとかせねば。

祖母ちゃんの住む街にやってきた。

祖母ちゃんは、最寄り駅から僕でも徒歩十五分もかかるところに一人で住んでいる。祖父ちゃんの退職金に貯金を合わせ建てた家に。しかし祖父ちゃんは自分の家を持てた途端、癌になって死んでしまった。

その小さな一戸建ては築十年でまだ新しい。だが、この前の地震で屋根が壊れ修理をしたが大雨の時は雨漏りが酷く、再度補修工事をしてもダメだそうだ。

祖母ちゃんは祖父ちゃんの遺族年金で細々と暮らしている。だから、その補修工事に虎の子の貯金が全部無くなっている可能性もある。

また災害が起これば家のメンテナンスにかける金なんてないだろう。話によっては家を売って一緒に暮らせば良い。高齢の祖母ちゃんにとっても安心だ。家を売った金をちょっと用立ててくれれば僕とママは何とかしのげる。それに、自分の葬式代は自分で用意してあるとも言っていた。祖母ちゃんはまだ若い。死ぬにはまだ時間がある。取り敢えず、その金を貸してくれれば助かる。

これを……、どう説得しよう……？


祖母ちゃんの家に着いてしまった。

インターホンを押すと祖母ちゃんが驚いた様子で出てきた。

「あれ、あんた、こんな時期に何しに来たの？　年寄りの家は遠慮するようにと、あんたのママに言っといたのに」

「ごめん、祖母ちゃん。切羽詰まった用があって来た。話を聞いて」

僕はこの時期、快く歓迎はされないのは分かっていた。だけど他に方法がなかった。取り敢えず家に上げてもらいリビングに入って行くと。

「あらま、貴久君、久し振りね。大人になったわね」

うっわー、加恵おばあちゃんがいる――。祖母ちゃんの姉の加恵おばあちゃんと呼んでいる大伯母がいた。これは想定外だった。

話しにくいなあ。帰らないかなあ……。出直すには交通費という出費がかかるし待てる時間もない。

「加恵おばあちゃん、来ていたの？　コロナが怖くて外出はしないと思っていた。こんな時は家でじっとしていた方がいいよ。帰れば！」

「ええ？　何て、帰れって？　よく言うわよ、この子は！　今来たばかりやのに。あんたこそ帰りなさいよ、こんな時期に。高齢者の家に迷惑やないの」

「僕は祖母ちゃんに用事があって来たんだ。それに、僕はコロナに罹ってない。バイトもなくなったし大学の授業もオンラインだし、お金がないからどこにも行ってないよ。だから感染はしてない。感染していない若い人は用事があれば移動は仕方ないけど高齢者は家でじっとしていた方がいいよ。帰ったら」

「帰れ、帰れって、本当に嫌な子やね。一人でいたら退屈やから来ているのに。コロナが怖いから出歩かれへんよって毎日来ているわよ。家がすぐやからね。五分も歩いたらお互いの家の中よ」

そうだった。加恵おばあちゃんはこのすぐそば、路地を曲がった五十坪ほどの家に一人で住んでいる。ずいぶん前に行ったことがある。加恵おばあちゃんの家こそすごく古い。築七十年は経っているのではないか？　加恵おばあちゃんは結婚をしてすぐに離婚をして実家に戻ってきた人だ。今住んでいる家は多分、曾祖父（ひいじい）さんの建てた家……？

曾祖父さんの家――？　それなら僕の祖母ちゃんにも相続分がある!?　家は何の価値もないが土地がある。更地にすればかなりの金額になるだろう。

「加恵おばあちゃん、一人で住んでたら心細いやろ？　子供はおらんし老人ホームに入ったらええやん」

「何を言ってくれるのよこの子は！　嫌な子やね。私は一人で充分暮らしていけるわ。まだ若いねんから大きなお世話や！」

加恵おばあちゃんは僕の言ったことで気分を害しているようだ。睨み付けている。

「僕はただ心配して言っただけやのに怒らんでもええやん！」

「あんた、簡単に老人ホームって言うけど、お金がかかるのよ。私は厚生年金と企業年金を合わせても十万円ちょっとにしかならないのに老人ホームに入居するお金なんて無いわよ」

「じゃあ、この先どうするの？　もっと年を取って動けなくなったら？」

「あんたは本当にアホやね。その時は介護保険を使わせてもらうわよ。自力でいけるところまで頑張って、身体が動きにくくなったら介護ヘルパーさんを頼って、それでもダメな場合は貯金と年金を合わせて介護施設に入るしかないけど」

「家があるやん。家を売ったらええやん」

「あの家は根抵当に入ってるから簡単に売られへんのよ」

「えっ？　根抵当……？　何、それ？」

「あんたは知らんでもいいわ。そやけど知りたかったら、説明が面倒やから後でネットでも調べなさい」

「ああ、そうする」

くどくどと分かりにくい説明をされるより素直にそうすると言っておいたほうがいい。よくは解らないけど、抵当って付いているから借金に関するものだろう。

「だけど根抵当なんて、なんでそんなものに入っているの？」

「入った理由？　それはやね、だいぶ前の話やけど、私の父と弟、つまりあんたの曾お祖父さんと大叔父の一郎よ、その二人が生きていたときのことで、一郎が事業に行き詰まって、お金を借りに来たんよ。それまでも随分、父はお金を回していたわ。そやけどね、もう年老いて貸したくてもお金なんて無いやない。しかたないから家を一旦は一郎名義にして根抵当を付けて銀行から借金をしてその場をしのいだのよ。その後、会社は一郎の息子、浩一が後を継いではいるものの自転車操業で返済してはまた借金の繰り返しで私の住む家は根抵当が消えへんのよ。分かった？」

「ふーん。ややこしいね。で、その不動産の権利、今は誰のものなん？」一郎さんは死んでいる。もしかして、浩一のもの？

「今は私と浩一よ！　ちょっと景気が上向いた時に一郎と私の共有名義に変えたのよ」

「え？　二人だけで遺産相続したの？　僕の祖母ちゃんの取り分は？」

「ちゃんとしたわよ。あんたの曾お祖父さんが亡くなった時、小夜子には当時の評価額の三分の一を私の懐から支払ったわよ。一郎から相続した浩一はとにかくお金がなくて出せなかったからね。だけど、あんたは知らんでもいいわ！」

「離婚して出戻りのくせに貯金あったの？」

「なにを失礼なことを言ってくれるの。元旦那が余所に好きな人がいて離婚したお陰で慰謝料が入ったし、独り身になってからは一生懸命に働いたからそれなりに貯め込んでいたわよ」

一瞬、曾祖父さんの名義のままなら、三分の一は僕の祖母ちゃんのものだと光が射したのに、もう貰い済み……。光は消えた。

「それやったら、加恵おばあちゃんが損やないか？　浩一は祖母ちゃんに金を払ってないのに半分の名義って？　不公平やんか」

「それも、ちゃんとしてあるわよ。小夜子の相続分の半分は毎月利息無しの三万円の返済だけど、それで許してあげてる。滞り気味やけど」

「そやけど、加恵おばあちゃんが家を売りたいときは簡単に売られへんやんか。根抵当てのを外したらあかんのん？」

「それは、浩一が泣きついてくるからできないわ。お金を借りながら自転車操業でもなんとかやっていけているのに、借りられなくなったら一家心中せんとあかん、なんて言うからしかたないわ。バブルの時はすごく儲かったんやけどね」

　なら、この話は終わった。だが、加恵おばあちゃんには帰ってもらって僕の惨状を祖母ちゃんに話さなければ。加恵おばあちゃんは帰りそうにない。

「あんた大学生でしょう。今、大変なんやて？　授業が学校で出来ないんやろ？　学生はオンライン授業、会社員はリモートってニュースでやってたわ。私達の学生時代には家で授業なんて考えたことなかったわ」

「加恵おばあちゃんにも学生時代があったん？」

「この子、本当にアホやね！」

　この時、祖母ちゃんがお茶を運んできて、「また、姉さんは！　アホアホて言わんといて私の孫やのに。この子はそんなにアホではありません」と僕を庇ってくれた。

僕の味方だ。お金頂戴と言いやすい。

「そうかな？　康恵ちゃんとはよく顔を合わすけど、この子は大きくなってから会うことなかったからね。大学はどこよ？」

僕のママが時々祖母ちゃんの様子を見に来ている時に加恵おばあちゃんとも会っている。ママは加恵おばあちゃんも自分がお骨にして永代供養をしてやらなきゃ、みたいなことを言っていたような気がする。なら、加恵おばあちゃんの財産はママのものでないとおかしい。

それなら……。

浩一とは早く話をつけて根抵当やらを外し、加恵おばあちゃんが死んだ時に折半した祖母ちゃんへの相続分の返済を浩一の持ち分から精算をし、加恵おばあちゃんの遺産は全部ママのものにしないと。

加恵おばあちゃんにも早いうちにこのことを記した遺言書を作成して貰おう。そうなると、根回ししないと。ママを売り込む必要もある。僕も媚びておこう。

僕は関西じゃ名は通っているが、偏差値の余り高くない学校名とその中でも入りやすい学部を言った。

「ああ、あの大学ね。私が勤めていた企業にも何人かそこの卒業生がいたわ。でも、ホント、日本人やのに日本語の通じない、説明をしても飲み込めない子が多かったわ。

それで、そこの商学部を出たら、どこか企業に勤めるつもりなの？」

「たぶん！」

「ふふ、あんたが小さい頃、康恵ちゃんが警察学校か消防士の専門学校に行かせようかと思ってる、と言ったら、『警察は泥棒が怖いからイヤ！　もし、泥棒に殺されたらどうするの？』と言うし、消防士になるかと聞いたら、『消防士は火事が怖いからイヤ！　火傷したらどうするの？』と真剣な顔をしてびびってたね。本当に怖がりやったわよ」

　僕は黙っていた。祖母ちゃんはニコニコ笑っているだけで何も言わない。加恵おばあちゃんに、そんな昔の話をと反撃に出てもいいが、悪い印象を与えるのは避けねば。

　加恵おばあちゃんが死んだ後の事が頭を過ぎった。加恵おばあちゃんの遺産が僕のママのものになれば、ママの従兄弟の浩一がいくら泣きついても分配通りの金を渡すということで家は売り飛ばしてやる。それを元手になにか起業をしてもいい。

　祖母ちゃんが仏壇に供えていた煎餅を持ってきた。

「突然来るから何もおやつは買ってないわよ。これでも食べときなさい」と僕の前に置いた。仏壇に載せていたものなんて抹香くさい、と思いつつも好印象を与えるため、マスクをずらしてちょっと湿りっけのある煎餅をかじってみた。

「用事って、何？　康恵がどうかしたの？」と祖母ちゃんが僕の顔を覗き込んだ。

あっ、と我に返り、本来の用件を言わなければ。

「あの、言いにくいのだけど……、どうしても聞いて欲しい頼みがあって……」

「もしかして、私がいたのじゃ言いにくいの？」と加恵おばあちゃんが怪訝な顔していた。

「加恵姉さんがいてもいいじゃない。言ってみなさい」と祖母ちゃんが促す。

「あのう……、お金を貸してほしい……」

「えっ、お金？　何に使うお金なの？」

「後期の授業料が滞っている。バイト、雇い止めになったから……。取り敢えず、四十万円貸してくれないかな」

僕は奨学金だけで、現状では、どうしてもやっていけない悲惨な日常を語った。ついでにママの苦労も付け足しておいた。この時、祖母ちゃん達高齢者だけ、年金で苦労無しの穏やかな生活を送って、と恨めしい目付きになったかもしれない。

「あんた、そんなことなら電話で先に言いなさい。銀行に行かんと、そんな大金……、ああ……無いわ。銀行に行っても無いわ」

「なんで……？」と僕は心細い声で聞いた。

「先月、健介がお金を貸してくれって、あるだけ持っていったわ。当分はそのお金は返ってこない……と思う」

　ああ、伯父に先を越された。一時期は景気の良い話をしていたが、このコロナ不況で伯父の経営する小さな旅行代理店は倒産寸前らしい。二人雇っている従業員の給料がのしかかっているし、店舗家賃やらで息子二人、僕の従兄弟だけど、そいつ等の給料まで借りて返さないので、下の息子は家を出て自活し始めたと祖母ちゃんは顔をしかめて話す。

　ママと伯父さんは年が離れているからか仲が良くない。したがって自然と僕たち従兄弟も顔を合わすことがない。だから彼等の状況は判らない。でも大学は卒業しているし、奨学金も借りずに楽に過ごしてきただろう。それに結構いい企業に勤めているはずだ。よく知らないけど、ママが「ふん、息子の自慢ばかりして！」と怒っていたことがあったから。

「えー、どうしよう。僕、大学を中退せんとあかん」思わず、涙が出そうになった。頼みの綱が切れてしまった……ような、落胆が襲ってきた。

　その時、「私が貸してあげるわ。それくらいのお金やったら家に置いてあるわ。後で取りにおいで」と、加恵おばあちゃんが、どうってことないという顔で僕に言った。いっぺんに胸のつかえがおりたと同時に笑顔になった。

「ありがとう、加恵おばあちゃん。一生恩に着るよ」

「げんきんな子やね。さっきまで、帰れ、帰れて言っていたくせに。でも、まあお金貸してくれとは誰かがいたら言いにくかったのやね」

僕は何も言わず笑っていた。

加恵おばあちゃんの家に三人で向かったが、高齢者の歩く速度は嫌になるくらい遅い。特に加恵おばあちゃんの足は僕の半歩くらいしか前に進まない。僕なら二分くらいなのに祖母ちゃん達は五分かかる。その間、祖母ちゃん達の話を聞かなきゃならない、トボトボと歩いて。

「あんたにお金を貸すのはええけど、四十万円も貸したら、暫くは病気に罹られへんわ。入院するお金がないからね」

「そうよ。私も財産と言っても自分のお葬式代と病気になったときのために蓄えておいたお金やのに、息子に持っていかれてスッカラカンやわ。それに介護が必要になったら、家を売って施設に入ろうと思っていたのに、家は息子が借金の担保にと泣きついてくるわで、年がいって、こんな思いをするなんて考えてもみなかったわ」

え？　祖母ちゃんの家も担保……？　嘘やろ……？

何なんや、祖母ちゃん達高齢者の家は抵当やら担保にされて。なんという事や。それよりママの相続がちょっと困ったことになってきた。何とか考えないと。

その時、祖母ちゃんは辛そうに溜息を吐いた。

これは、あかん！　祖母ちゃんに長生きして貰って、時間稼ぎをして担保を外さなあかんのに。僕は元気づけるために言った。

「いやあ、まだまだ二人とも元気やって。お金がないから病気になられへんて、それって病気になれへんから、かえって良かったやん！」

その時、ドーン、と不意に背中を押された。加恵おばあちゃんだ。小走りに近づいて何を言うかと押したのだ。だが、顔は笑っていた。


加恵おばあちゃんの家はやっぱりかなり古かった。上がり間口の板は人がよく通る所だけ色が違うし軋む。座敷に入っていけば畳が沈むところもある。

「あんた、そうっと歩きなさい。床が落ちないように」と注意を促された。一人で住むには広いけど、これじゃ誰も一緒に住めない。だけど、掃除は行き届いている。僕とママが暮らす公団の部屋よりきれいだ。ママは掃除が嫌いみたい。

「貴久、こっちに来て仏壇に挨拶しなさい」祖母ちゃんが手招きしている。

「この仏壇は誰がはいっているの？」と、沢山ある位牌が誰のものか分からない。戒名を読んでも見当もつかない。

「まあ、この子はアホやね！　うちにある仏壇やから考えたら分かるやろ。あんたの曾お祖父さんと曾お祖母さんに私達のお姉さんに高祖父母と他はご先祖様よ」

「高祖父母って、何？」

「まあ、あんた、そんなことも知らんの？　曾お祖父さんの親やんか！　ホント、アホやね」

「何よ、アホアホって何回も！　人の孫をそんなにアホ扱いせんといて。ご先祖の話に触れることもなかったし、この子はこの家に一度も来たことがなかったから知らんわよ」と祖母ちゃんが僕を庇っている。だけど、僕は小学校の六年生の夏休みにママとここに来ている。そう、夏休みの宿題、親族に戦争体験をした人がいれば話を聞いて作文を書くという宿題。だが、生きている人がいなかったので、ママが曾お祖父さんの軍人時代の写真だけでも見せようと連れてきたのだった。

その時、加恵おばあちゃんに赤茶色く変色したモノクロームの曾お祖父さんの写真を見せてもらった。加恵おばあちゃんは忘れてしまっているようだけど。そして、曾お祖父さんの手記のようなもの？　旧字体が多くて見た瞬間、僕は解読不能と思った。あれは日記だったのかな？　あの時、少しだけ加恵おばあちゃんに抜粋をして読んでもらった記憶がある。ちょっと見ただけで外国語くらいに読めなかったし、それに聞いていてもよく解らなかった。ママが分かり易く言葉を換えて説明してくれたのでママの言葉通りの作文になったけど、点数は良かった。あの時の軍人……!?

とにかく、授業料はなんとか支払ったものの、次の授業料がまた心配になってくる。ママの仕事は激減りで、僕もファミレスの夜間バイトはコロナが落ち着くまで我慢してくれと雇い止めになっている。ファミレスはここのところランチやデリバリーに力を入れているのに店長からは何も言ってこない。君が必要な時はすぐに連絡すると言っていたくせに。

このままじゃまた金に窮する。四六時中、金のことを考えて頭がおかしくなりそうだ。ママも苛立っている。外の空気を吸おうとドアを開けたら、新聞配達のおっさんが原チャで走って行くのが見えた。

僕の家は金の問題でずいぶん前に新聞を取らなくなったが、この辺りでは新聞を取っている家が多いみたいだ。あの仕事、やってみようかな。ファミレスの店長から連絡が来るまで何ヶ月かかるか分からないのでつなぎのバイトとして。

翌日、販売所に行ってみた。だが、今は間に合っていると断られた。クソ！

家に着くと、何故かママの顔が明るくなっていた。

「貴久、新しいパートが決まったわ。祖母ちゃん所のすぐそばのスーパーのレジ係。明日から来いって言ってくれたの」

「ええー、良かったやん！　そやけど、ちょっと遠いな。交通費は？」

「そんなのあるわけないやん。原チャリで行くわ。加恵おばあちゃんが使っていたのがあるんよ。もう、加恵おばあちゃんは乗ってないからくれるって」

「ふーん。良かったな！」

「今日ね、当座の食費と家賃を工面しに祖母ちゃん所に行ったんよ。年金が入る日やから。そしたら、加恵おばあちゃんが来ていて、あんたも二日前に授業料を借りに来たと言っていたわ。ついでに私にも貸してって、どうにもならない事情を話したら祖母ちゃんと加恵おばあちゃんが五万円ずつ貸してくれたわ。それで家賃をすぐに振込んでお米とコロッケを買ってきた。これでご飯が食べられる」

「えっ？　お米もなかったの？」

「そうや。スッカラカンやってんで。それでな、これからレジ係をしたって、いつまたクビになるか分からんやろ？　お金をできるだけ使わんようにせんとあかん。そやから、ここを引き払って祖母ちゃんのところに引っ越そうと思ってるねん。祖母ちゃんもカマヘンて言ってくれてるし」

「えっ、引っ越すの？　そんな切羽詰まってたん……？」

「うん！」

ママが休みの日に、一番安い引っ越し業者の一番安いプランで引っ越しをした。引っ越し業者は指定した場所に運ぶとさっさと帰っていった。後の整理が疲れると覚悟したが、ママが前もって祖母ちゃんところの物と重複する物は処分、中古品の買い取り屋に売っていた。だから思っていたより楽だったし、家賃が要らない安心感も手伝ってかその夜はよく眠れた。

僕とママは二階の二間を使わせてもらい、祖母ちゃんは一階の和室、仏間で今まで通りそのまま寝起きする。

しかし、オンライン授業は眠いし、バイト先からは音沙汰がないし、新しくバイトを探しても皆無だし、暇を持て余して退屈で死にそう。

友達とは携帯で話しても会いに行けない。出歩くには交通費の問題があるし、高齢者と同じ家で暮らすということはコロナウイルスを持ち帰ってはならない。祖母ちゃんには長生きしてもらわないといけないから。今は祖母ちゃんの家と年金が僕たち親子の頼みの綱だ。

祖母ちゃん、長生きしてよ。動けなくなったら、ママが面倒を看るから。しかし、ゲームも飽きた。外に行きてぇー！　いつまで我慢すればいいのかな!?

トイレに行くため階下に下りていくと、祖母ちゃんが韓国ドラマを見ていた。若い俳優の端正な顔がこっちを見ている。祖母ちゃんはうっとりしている。

「祖母ちゃん、韓国ドラマ好きなの？」

「うん、おもしろいよ。カッコイイ人が多いしね、見ていて胸がキュンキュンするわ」

祖母ちゃんが胸キュン？　ちょっと気持ち悪いのを通り越えて怖い。祖母ちゃんの顔が緩んでいる。

「この俳優と祖父ちゃんの若い時、どっちがイケてた？」と、分かりきったことを質問してみた。

「そんなん、この俳優に決まってるやん！　祖父ちゃんは、人は良かったけど外見はイマイチやったからね。あんたも覚えてるやろ？　見てみ、この俳優の整った顔。それにスタイルが最高やわ。この足の長さ、羨ましいやろ」

「別に。僕の身長は百七十五センチやから普通や。顔もどこも悪いところはないし。世間では普通より上やと思う」祖母ちゃん相手に自画自賛をしてみた。

だけど、ママは僕を何もかも人並みかそれ以下だと言っているのを知っている。これという秀でたところが無く面白味もない。ボウッと生きて残念だけど何の魅力もないと。もしかして、ママの嫌いな親父に似ているのかな？　でも、僕も言いたくなる、誰が産んでん、と。

仏壇に置いてある祖父ちゃんの写真を見れば、前髪のない禿げで垂れ目の人がいいだけの顔をしている。ママは祖母ちゃんに似ている。僕はこの中の誰にも似ていない。と言うことは、容姿もママと離婚をした親父に似ているのかも？

祖母ちゃんに親父の事を聞いてみようかと思ったけど、やっぱりもう少し経ってからにしたほうがいい。今は穏やかに過ごさないと。問題発言をして、祖母ちゃんに気を揉ませては生活費を援助してくれているのに悪いから。

「貴久、暇やったら加恵おばあちゃんに持って行ってほしいものがあるねんけど」と祖母ちゃんが言った。

「ええけど。何、持って行くの？」

晩のおかずだった。ひじきの煮物と卯の花。今夜のメニューだ。ママが以前から働いている弁当店は早朝から九時までで、その後、近くのスーパーに働きに出るので、祖母ちゃんが食事の用意をしてくれる。それはいいのだが、僕は僧侶ではない。毎日、精進料理みたいなメニューばかり。

「今日も坊さんみたいなご飯!?」

「心配せんでもええ。あんたには昨日、康恵が値引きになったトンカツを買ってきてあるから、それを温めてあげるわ」

作ってからだいぶ時間が経過したトンカツ！　贅沢は言えない。ありがたくいただこう。

加恵おばあちゃんところのインターホンを押しても誰も出てこない。誰もって、加恵おばあちゃん一人しか住んでないけど。どこかに行っているのかな？　こんな時期に高齢者がウロウロしないほうがいいのに。高齢者……？　もしかして、家の中で倒れていたりして？　それなら、大変だ！

僕は垣根を跳び越えて裏に回った。そしてどこかの窓が開かないかガタピシと動かしてみた。勝手口の戸をガタガタと音を立てていると、横の窓から加恵おばあちゃんが顔を覗かせた。

「なんや、おったんや！　インターホンを押しても出てけえへんから心配したわ」

「あら、貴久君あんたやったの。戸をガタガタ揺らせるから吃驚したわ。泥棒かと思った」

「何が泥棒や。泥棒があんな音たてへんわ」

窓越しに祖母ちゃんから預かった惣菜を渡そうとしたら、家に入れと言う。もしかして、駄賃を一万円ほどくれるかも……。

「持って帰ってほしいものがあるのよ。来月の五日は、あんたの曾お爺さんの二十三回忌やけど、こんな時やから法事もできないしね、親戚にお断りの案内状を考えたんよ。これでいいか目を通せって小夜子に渡してくれる」と、祖母ちゃんに原稿を渡すためパソコンをプリンターにつなぎ印刷をしようとしている。

「なんや、お駄賃をくれるのかと思ったら」

「なにがお駄賃よ、もうそんな年やないでしょ。あんた、年が明けたら成人式やのに。小夜子がスーツを買ってやりたいけど、多分、成人式は取りやめになるから買わないて言っていたわ」

成人式？　スーツ？　そんなのはどうでもええ！　その金をくれ！　気晴らしに使う。

「ああ、それから、今年のお正月のお餅がまだ残っているのよ。小夜子にあんたところで食べてと言っといて」

今年のお正月？　一年近く経っている餅？　賞味期限は大丈夫なのか？

確認したら大丈夫だった。真空パックの餅は長持ちするのだな。でも、明日の朝飯はきっとこの餅やな。

「加恵おばあちゃん、これから自分の食べられる分だけ買えば。無駄遣いするなよ」

「それが、そうはいかんのよ。仏壇や床の間に鏡餅と、台所には三宝荒神さんに三段のお餅をお供えせんとあかんし、お雑煮も奉るからどうやっても多くなるのよ。一人やと食べきれないから仕方ないわ」

なんかぐじゃぐじゃ言っている加恵おばあちゃんの人生の無駄が見えるような気が

した。金と時間！

お茶でも飲んで行けって言っているけど、小遣いをくれないのならここにいたくない。

「祖母ちゃんが待っているから帰るわ」と言って、加恵おばあちゃんが手を振る家を後にした。

翌日、祖母ちゃんが一万円のアルバイトの話を持ちかけてきた。年賀状をパソコンで作製するバイト。毎年、祖母ちゃん姉妹は二人で加恵おばあちゃんのパソコンでもたもたと作っていたが、しんどくなってきたそうだ。僕を使えば楽が出来る。

だけど、姉妹二人分、おまけに法事中止のお知らせを作り直すとか。それもプラスで仕事量が多すぎではないの？　割が合わない！　その上、葉書に年賀状まで郵便局に買いに行けとのことだ。高齢者がウロウロするのは良くないと。その割には近所の年寄りと立ち話に散歩にと好きなことしているくせに。

だけど文句は言わないでおこう。借りがあるし、二人が死んだらママが面倒を看たのだから財産は全部ママにと、遺言書を作ってもらわないとあかん！　そのためにも心証を良くしとかないと。

簡単なパソコンでの作業も祖母ちゃんは苦手らしい。加恵おばあちゃんのほうが向いていそうだ。けど、加恵おばあちゃんは白内障でディスプレイの画面が見づらいとか。しかたない、僕が一肌脱いでやろう。

しかし、年賀状のイラストがなかなか決まらない。年寄りの年賀状なんて何でもええやん、と思うけど、そうはいかないらしい。こっちの方がカワイイとかカッコがいいなんて言っている。それより早く決めろよ。

やっと決まった。そこらの紙に印刷をして見せてやると、何かもう一つだとか言い出して、また一からどれにするか探す羽目になった。

僕は決まるまで仏壇の写真を見ていた。僕の知っている曾お祖母ちゃんの写真の横にシルバーのイケメンの写真があった。

「なあ、加恵おばあちゃん、この人が僕の曾お祖父ちゃんなんか？」

加恵おばあちゃんが眼鏡をずらせながら「どれ？」と言いながら側に来た。

「ああ、そうや。あんたの曾お祖父さんや。男前やろ。この頃はしわくちゃで白髪で年寄り顔やけど、若い頃はかなりのイケメンやってんで」

以前、僕が小学六年生の時に見せてもらった曾祖父さんだという軍人時代の写真、それをもう一度見せて欲しくなった。もしかして、寝ているときに僕の顔の周りを駆け巡る兵士、その兵士はこの人かもと推測したから。

年賀状のイラストが決まったから早く印刷しろと祖母ちゃんが怒鳴った。

「加恵おばあちゃん、これが終わったら曾祖父さんの若い頃の写真も見せてくれる」

「あれ？　あんた、興味あるの？　ええわよ！」

印刷の間、加恵おばあちゃんが用意したみたらし団子を食べて待っていた。そこに、

「あんたが見たいアルバム。古くてボロボロやから気をつけて」と二階の部屋から持ってきてくれた。

本当にボロボロだ。黒い台紙に糊で貼り付けてある。しかし、そこに写っている写真の男性は爽やか系のイケメンだ。髪型や着ている服は当時の物だから古い感じがするけど、人物は体型や顔かたちが今そこに立っていても女子達に騒がれそう。

「なあ、この曾祖父さんはイケてる顔しているけど、このＤＮＡは誰も引き継がんかったん？」

「いややわ、この子。見て判るやろ。私に目がそっくりでしょうに」と加恵おばあちゃんが言うけど、加恵おばあちゃんの目は二重かシワか判らないし、目尻が垂れ下がってもいる。それにホッペタがずり落ちそうで判断が難しい。

ページを繰っていくと軍服姿の曾祖父さんが出てきた。

「この人、僕の夢に出てきたような？　……気がする」

「ええ……？　何言っているの、逢ったこともないくせに」と呆れ顔で言いながらも、

出征したばかりだと加恵おばあちゃんが説明してくれる。次は一等兵になった時の写真。やはり、僕の顔の周りを駆けていく兵士はこの人のような気がする。

「あんたの曾お祖父さんはこの頃、たしか十九歳やわ」

「えっ？　僕と同い年だ！」

どう言っていいか分からないけど、衝撃が走った。

次のページを加恵おばあちゃんが捲りながら「ああ、これは曾お祖父さんが憲兵になるために通った中野の陸軍憲兵学校の写真やわ」と言った。立派な門構えの写真。その次のページには憲兵の腕章をしている曾祖父さんがいた。

祖母ちゃんが「貴久、あとでこれをポストに投函しといて」と、この手間も一万円のうちと声を張り上げた。加恵おばあちゃんも、自分の分も一緒に投函させるため必死に年賀状の漏れや訃報の相手はいないかとチェックし始めた。


近くのポストはママの働くスーパーの玄関前にある。年賀状やらをドカドカと投函して、ついでにママがいるかもとちょっと覗いてみた。

ママはスーパーの制服を着てマスクをつけて一生懸命にレジ打ちをしていた。むつかしい顔をして打ち終えると客には笑顔を向けている。まだ完全に馴れていないのが判る。ママに申し訳ない気がした。

僕も何かバイトを見つけねば、店長からの連絡を待つだけでは埒が明かない。加恵おばあちゃんの家に帰る途中、高校からは違うけど小学校と中学の同級生、中央卸売市場の魚屋の息子、勇斗に電話をしてみた。もしかして、卸売市場にバイトの募集はないかと。

「お前、どうしてんねん？　こんな時でも何かバイトがあるかもしれへん。一緒に探さへんか？」

友達の親のコネを当てにしていると思われるのはちょっとカッコ悪い。だから違う方向から言ってみた。

「おお、元気か？　元気にしてるんやったらそれでええ。そやけど、俺はバイトする気にはならん！」

「何でやねん？　家が金持ちやったら稼がんですむからか？」

「違うわ。親は悲鳴上げとる。今は料理屋が営業してないやんけ。そやから魚が売れへん。このままの状態やったら店を閉めんとあかん、て話しとるわ」

ああ、ここもダメか。

「そうか……。どこも大変やな。それやったらバイトしろや」

「判ってる。判ってるねんけど、気分が重い」

気分の重い理由……、勇斗が中学の時に付き合っていた女子、坂口香澄が死んだってことだった。それも死因は自殺。それを誰かから風の噂のような形で聞いたらしい。

坂口香澄は勉強がよくできる優等生だった。成績ビリケツの勇斗と、勇斗とつるんでいる僕も中学の二年までは相手にされなかった。なのに、三年になったら何故か勇斗と付き合っていた。だから勇斗の友達である僕とも自然と話す間柄になっていった。だが、僕たちは受験した高校のランクが違いすぎ、それぞれそれなりの高校生になった。だからその後は、僕は勿論、勇斗も坂口香澄との交流は途絶えていた。

だから、今に至るまで坂口香澄の話はぜんぜん聞かなかった。もともと僕は坂口香澄に関心がなかったし。

勇斗に、もう坂口香澄とは関係が無いのに落ち込むな、と言いたかったが、それを言うと、非人情な人格に思われそうで黙った。

しかたない。勇斗とのバイトは諦めた。


弁当や菓子の仕分けとシール貼りの夜間の短期バイトが見つかった。夜間の方が時給はいいけど夜明け前に仕事が終わる。だから電車が動いていない。そこの場所は歩くにはちょっと遠すぎるし、祖母ちゃんのチャリは壊れている。

だから車を持っている勇斗を再び誘い、説得することにした。

「行けへんわ！　まだ香澄ちゃんが胸に迫ってきているのに。バイトする気力なんか湧くか！」

「ナニ、言ってんねん！　坂口香澄の墓に花束を持って行かんとあかんやろ。すっげえ大きなヤツを、親からもろた金と違う自分たちの稼いだ金で買ったヤツを！」

勇斗は渋々バイトに参加することとなった。しかし、一日で音を上げた。夜の仕事はしんど過ぎる。限界だ。無理。なんて次の日からは動かなくなった。しかたない——。

僕は仕事が終わった明け方にトボトボと歩き、自販機で買ったお茶を飲みながら一時間かけて家に帰ってくる。家に着く頃、始発電車が走っていくのが見える。

家に着くとヘトヘトに疲れていた。仕事は深夜の単純作業だけど、単純だけに余計疲れる。退屈で飽きるし、気を抜けば目蓋を閉じてしまう恐れがある。小うるさい主任のオッサンが睨みをきかせているし。

「あんた、そんな疲れるんやったら、もう辞めてもええよ」と祖母ちゃんは言うけど、「短期やから、あともう少し頑張る！」と言っては、ご飯を食べるとすぐに寝入っていた。

「貴久、起きなさい。友達が来ているよ」と、祖母ちゃんに起こされて玄関に出て行くと、勇斗が立っていた。相も変わらず流行の服を着てカッコイイ。コロナ禍で外出は自粛中なのに、なんでこんなオシャレな服を着てんねん、と、こいつの頭を小突いてやりたくなった。

「勇斗君やね。大人になって、道で遇っても判らへんわ」

祖母ちゃんは僕が小学校の時、ママが仕事を休めないので学校行事に参加をしてくれていた。だから勇斗とも顔見知りだった。勇斗は頷きながら微笑んでいる。

「マスクをしていても勇斗君はやっぱり男前やね。スタイルもいいし、外見は何一つ悪いところがないね」の後に、天は二物を与えないという言葉が消されているのが分かった。

「祖母ちゃん、あっち行っといて！」

祖母ちゃんは勇斗の勉強嫌いを知っている。僕より成績が悪いのも知っている。中学の時に三者面談から帰ってきて、ママが「あんたのこの成績、何とかならへんの？嫌になるわ。このままやったら行ける高校は決まってくるし、そうなったら大学も最低ランクしかないやない。あんたより成績の悪い子は勇斗君ぐらいしか、おれへんやろ」とぶつくさ文句を言っていた。それを祖母ちゃんは聞いていたのだ。だから祖母ちゃんも僕たちの成績や能力状況を把握している。だけど、僕は真ん中も真ん中、ど真ん中の成績で僕より下の子は何人もいるのにと言い返していた。勇斗より下の子は知らんけどとも。

その時から、祖母ちゃんは勇斗の話が出る度に「天は二物を与えない」とすぐに言う。ママは「余所様の子に失礼なことを」と言うものの、内心頷いているのが分かる。しかし、勇斗は本当にカッコイイ。これで頭が良ければ、世の中は不公平すぎる。アホで良かった！

勇斗は、香澄ちゃんは百日法要が終わると永代供養墓に入る予定だと、坂口香澄の親友から聞いて、それをわざわざ言いに来たのだ。実母と同じところだとかで場所も聞いていると。

僕も墓に行かんとあかんのか？　と、思ったけど、僕は勇斗をバイトに誘うため、坂口香澄の墓参りを利用した。行きたくはないけど行かざるを得ない。断れば勇斗を誘った本当の理由がバレてしまう。行くしかない。

だけど、勇斗と坂口香澄が付き合っていたのはごく僅かな期間だ。深い関係でもなかったと思うのに、何でこんなに気にするのだろう……？

もしかして、僕の知らないところで何かあったのかな？　勇斗が坂口香澄を傷付けるようなこと……？

……勘ぐってしまう。でも、聞いても言わないだろう。

ここからは少し遠出になるので勇斗の車で行くことにした。しかし坂口香澄の父親は、こんなご時世だからお友達の皆さんは行ってもらわなくともいいと親友に言ったらしい。それなら、と言いかけたが、勇斗は葬式にも参列していないのに、せめて墓の前で手を合わせて弔いたい。と、行くと決めている。僕も一緒に。

仕方ない、行くか。

行くことを確約したら、勇斗は帰って行った。

僕はまた寝ることにした。

今度は眠りが浅いようで夢を見た。また、あの兵士が僕の枕元を駆け巡る。あっちにこっちにと、僕の額から頬のあたりを肩から銃を担ぎ駆けていく。

夢の中で、――曾祖父さん――と僕はその兵士を呼んでみた。すると、兵士は視線を一度こっちに向けたが、すぐにまた駆け出しどこかに行ってしまった。ボウッとした頭で目が覚めた。何時間寝たのかな、三時間ほどしたらまたバイトに行かなきゃならない。

夢の余韻が残っている……。夢って、おかしな状況が出てくるな。同年代の人に曾祖父さんと呼ぶなんて、何か変な感じ。

階下から加恵おばあちゃんの笑い声がする。うるせえ年寄りが来ている。僕を見るとまた何かイチャモンをつけてシャキッとしろとか言ってくるかもしれない。けど、遺産をもらうため、我慢！

「加恵おばあちゃん、来ていたの？」

「ああ、あんたに渡したい物があってね。今は時間が山ほどあるでしょう？　これでも、読んでみなさい」と、テーブルに置いてある風呂敷包みをこっちに押した。

「僕は深夜のバイトに行ってるから時間はないけど」と言いながらも、一応それを開けてみた。

曾祖父さんの残した手記、小学六年生の時に見たやつだった。古くて変色した罫線用紙が数十枚とバインダーだ。その紙にぎっしり書かれた文字が目に入ってきた。小学校六年生の時にも見た理解不能な文章。

「読まれへん、こんな字！　これって、昔の字やろう。僕には無理！」

「あんた、この間、曾お祖父さんの写真を見て、『この人、夢に出てきた』とか言っていたわよね。そやから、何か曾お祖父さんと特別な縁があるのと違う？　字なんてパソコンで旧字体を調べたらすぐに解るやない。もしかしたら、夢のなかの曾お祖父さんがあんたに何か言いたいことがあるのかもしれんよ」

「ええーっ？　死んだ人がー？　僕に何を言いたいの？　怖いやん！」

「貴久君、死んだ人といってもあんたの曾お祖父さんやない。何が怖いのよ、バカみたいに」加恵おばあちゃんが呆れた顔をして僕に言った。

「貴久君、もっと勉強をしなさい。そして立派な人になるのだよー、と曾お祖父さんは言っているのと違う?」と、祖母ちゃんがニタニタしながら割って入ってきた。

もう、アホらしくて喋る気にもならない。けど、腹を立てて無視なんかして気分を害させると相続は法定の配分になる。とにかく、気持ちよくママを全財産の相続人にすると遺言に書いてもらわないといけない。我慢！

深夜のバイトが終わりトボトボと歩いていると、勇斗が車で迎えに来てくれた。

「お前、まだこのバイトやってたんやな。昨日の夜、お前とこに行ったらお祖母ちゃんが心配しとったで。深夜の仕事は身体に良くないからと。もっとええのがあるから辞めろや」

「辞めるもなにも明日が契約期間終了や。もっと働きたいって言ったけど、外国の人が働くことになっているから僕は給料をもらったら終わりや」

「えっ、給料が入るんか？　おごれや！」

「あかん。金は使われへん！　次の授業料のために貯金しとかんと、祖母ちゃんにこれ以上金出せて言われへん」

「そうか。お前偉いな、授業料のために働いて。それを思えば俺は恵まれているな」

勇斗は感慨深げに言った。

「お前、もしかして効率のいいバイトって、今、世間で噂になっている危ないいやつやないやろな?」

「危ないやつって?　危ないやつってなんやねん!　お前、怖がりか!　年寄りと暮らしてから臆病になったのと違うか?　名前、貸すだけで金が貰えるねんぞ!」

「それは、もしかして持続化給付金ってやつやろ?　そんなら止めとけ、そのうちに絶対捕まる。今はゴタゴタしているから一時的には金が入ってくるかもしれんけど、相手は政府や。絶対、すぐに調べられて捕まるって!」

つい昨日、加恵おばあちゃんが来て、持続化給付金の話になった。知り合いの人が関係ないのに申請しようかなんて冗談交じりに話していたとか。

加恵おばあちゃんは絶対にしてはいけない、世の中、そんなに甘くは無い、とお金に困っている僕の顔をまじまじと見て話していた。僕はそんなこと考えもつかなかったのに危ない危ないと危ぶんで話す祖母ちゃん達。政府を相手にいつか捕まると。

祖母ちゃん達から見たら、僕はすごく危うくて心配なのかも。

そして、昔にあった加恵おばあちゃんの体験談。詐欺の内容は違うけど、それを聞かされた。

加恵おばあちゃんが大学生の時、僕と同じ大学の学生だった近所の幼なじみからネズミ講の勧誘を受けたらしい。それで、そいつから話を聞いてみると、出資して会員になるだけで、末広がりで増えていく会員から何パーセントかのマージンが入り、広がれば広がるほど金が入ってくるという話だった。それはいいのだが、加恵おばあちゃんは思ったらしい。最終的に最後の人はどうなるのか？　と。それで問えば、「それを言ってはいけない。情熱を持って募らなければ」との幹部の声らしい。胡散臭い！　いつか終わる。誰かが損をする。と言って、幼なじみを相手にしなかったらしい。案の定、その会社は企業詐欺という事件になった。幼なじみは友達や知り合いを勧誘してお金を募っていたので、金返せと脅され、加恵おばあちゃんに少しでも貸してくれと泣きついてきたとのことだった。当然、そんなやつに貸す金はない。もし、貸したとしても返ってこないのは明白だ。だから電話をしてくるな、道で遇っても声をかけるなと言ってやったらしい。そこらへんはかなり盛って話しているかも。

ながながと回りくどい話で聞いていて疲れたが、遺産相続のために我慢して聞いていた。しかし、その話はなるほどなと思わされた。

勇斗に今すぐは捕まらなくても、そのうちに絶対に捕まる。それに勇斗は、小学校の時に病気で一年ダブっているから、もう成人している。もし、やらかして刑務所にはいるような羽目になったら、親や兄貴達に顔向けできない。バレたら、確実に刑務所行きや。お前は前科者になるぞ、と脅してやった。

祖母ちゃんの家に着く頃、勇斗もこのバイトは止めとくと言った。せっかく、夜も寝ないで意気込んできたけど僕の説得で考え直したようだ。

近くの自販機の缶コーヒーを飲んでいる勇斗の目は光を失っていた。そして言葉なく手を振って帰って行った。その勇斗の車を見送りながら思った。祖母ちゃん達がいなかったら、金ほしさに僕もそのバイトに便乗していたかも……。

坂口香澄が永代供養墓に納骨されたので、明日、行こうと勇斗から誘いの電話があった。

二人で花束を買った。白い菊だけにしようと言っているのに、勇斗は香澄ちゃんがそんなのじゃ可哀想だとか言って、派手なピンクのバラの花束になった。そして、この花束を墓に供えた。

坂口香澄は喜んでくれているかな？

そのうち、勇斗もそっちに行くから待っていてね、あとどのくらいかかるか判らんけど。と僕は冥福を祈った。勇斗は安らかにとだけ祈ったらしい。

帰りに勇斗が運転する横でウトウトとし、ほんの一瞬だけど眠ってしまった。その一瞬の間に、ピンクのバラの花束を抱えた坂口香澄が川縁を歩く姿が目蓋に浮かんだ。その姿を見るとはなしに見ていた……ら、突然、ガクンと車が止まった。赤信号だった。それで目が覚めた。

今のは夢か……？　僕の想像力って、かなりやと自分で吃驚した。

この日の夕方、晩飯を食っているときにそれを祖母ちゃんに何とはなしに話してみた。

祖母ちゃんはこの手の話が好きなのだ。意味深の目付きになって、「それは、きっと三途の川やね」と言った。だから、僕が「三途の川って死んですぐに渡るのと違うの？　坂口香澄は死んで百日は経ってるで」と言えば、「ああ、普通は四十九日に渡るのよ。そやけど、香澄ちゃんはこの世に未練があって川を渡ろうかどうしようかと迷ってたんじゃない。そこにあんた達がお花を持ってお参りに来たから、もう、あの世にいってもいいわという気になったのよ」と言って、自分の言葉に頷いている。

もう、祖母ちゃんは！　あれは僕のただの夢！　あの紙より軽い軽薄な勇斗が手を合わせて冥福を祈っただけで香澄ちゃんの迷いが消えるなんてありえへん！　勇斗はただの元彼やし、と……、思いながらも……、何だか目蓋に浮かんだ坂口香澄がいやにリアルに感じた。

もしかして、やはり勇斗が坂口香澄を傷付けるような事をしていたのかなあ？　それで、あの花束を墓前に供え、僕に分からないように　――反省しています。どうか許して下さい――と乞うたら、許す気になったのかも……!? だとしたら、死んでも……意識だけがこの世に存在して……。

いやいや、ありえへん! こんな方向に考えがいってしまうのは祖母ちゃんのせいや! もう!

翌日、深夜のバイト代で祖母ちゃん達にドラ焼きを買って喜ばせた。加恵おばあちゃんに電話をするといそいそとやってきた。

「貴久君が私にもドラ焼きを買ってくれたなんて嬉しいやないの。美味しいわ、これ」とニコニコして頬張っている。

僕とママは一個ずつ、祖母ちゃん達には好感を持ってもらわないといけないので、二個ずつ買った。それに、加恵おばあちゃんに借りた授業料の返済に一万円渡さないと。

返済条件は毎月一万円ずつ返す。利息を付けて四十一ヶ月。卒業するまでには二万円の返済月も混ぜて返してしまいたい。もう、金はこれ以上使えない。

次のバイトを探しているが、あれもこれもと落ちてしまう。気分まで落ち込んでしまった。ここらで落ち止めにと深夜の清掃の仕事に応募した。だが、募集しているくせに間に合っていると断られた。次々と手当たり次第応募したが皆無だ。全て断られた。

ふてくされて、祖母ちゃんが買ってきたアンパンを食っていると加恵おばあちゃんが来て、「あんた、曾お祖父さんの書いたものを少しは読んだの？」と聞いてくる。

「まだだよ。次の授業料のために金稼がんとあかんから、今はバイト探しで忙しい！」

「貴久、焦らんでもええのよ。食費は贅沢しなかったら私の年金で何とかなるし、あんたの授業料は通帳に残っているのやらをかき集めて、後は康恵のパートのお金で何とかなるから」と、この頃の僕を見て心配して祖母ちゃんが言った。そんなこと出来ない、なんて偉そうに言いたかったが、バイトを見つける自信がなかったから、「うん」とだけ言っておいた。

「この頃の若い子は可哀想やね。遊びに行きたくても自粛・自粛で友達とも会われへんし、面白くない時代やな。バイトもないし、遊びにも行かれへん。友達も皆こんな調子なの？」加恵おばあちゃんが顔をしかめている。

「大抵のやつはそうやと思う。大学では仲良くなる前にオンライン授業になったから分らんけど。高校の友達は、まあ、バスケ部の連中やけど。遠くの大学にいった奴やら東京の専門学校に行った奴は、一人暮らしをして僕より窮地に追い込まれてるみたいや。みんな、なんやかんやと焦ってるな」

「本当に、今の若い子は辛いね」加恵おばあちゃんが僕たち若者に同情をしている。

「いいや、そんな子ばかりやないわよ。勇斗君という笑顔が絶えないノホホンと幸せそうな子もいるやない。家が金持ちやからかしら!?」

「あいつは特別や。祖母ちゃんに笑顔を向けたのは天性の愛想の良さがそうさせたの。それにあいつの家も大変みたいや。高級魚が売れへんて。もしかしたら会社は危ういかもしれへん、言うとったわ」

「そうなの？　どこもコロナ不況やな。おお、嫌や！」

「そやけど、今の子ばっかりと違ごて、あんたの曾お祖父さんの時代は、それはまあ大変やったわ。いや、大変なんてものとは違うわよ。戦争やったからね。曾お祖父さんは、あんたと同じ十九歳で志願して軍人になったのやけど、そりゃ悲惨な目にあったわよ」

加恵おばあちゃんは産まれてなかったのに見てきたみたいに力が入った言い方をしている。

僕は言ってやりたかった。生きてなかったけど、あの時代は大変やったのは知っている。だけどあの時代はみんな同じでみんなが悲惨やった。そんな時代やった。今はいい生活をしている人はいいままで、大変な者はとことん大変で差がある。それに身体が元気やのにじっとしとかなあかんて頭が変になりそうな我慢や！　爆発しそうや！　と言いたかった。けど、加恵おばあちゃんの話が長くなるので抑えた。

加恵おばあちゃんを見たら、最近、曾祖父さんの日記を再読したからか、その内容が鮮明に張り付いているのだろう、目に力が入っている。

加恵おばあちゃんを力説させた曾祖父さんの体験。十九歳で軍隊に志願した血縁の昔の軍人。

多分、夢に出てきた人……。僕と同じ十九歳。その人物がどんな悲惨な体験をしたのだろう……？　読んでみても悪くないかなと思った。

加恵おばあちゃんが帰ったので僕にあてがわれている四畳半の部屋に戻って、曾祖父さんの文章を読むことにした。バインダーは後で見るとして、と本棚に載せようとしたら、写真が一枚滑り落ちた。前に見せてもらった写真とは違った曾祖父さんの写真。誰かに呼ばれたのか、振り返った顔がやっぱりイケメンだ。この人がどんな経験をしたのかより、何で、この人のＤＮＡが僕に引き継がれなかったのか、ママや祖母ちゃんを恨めしく思ってしまう。

……？？　字を見ただけで頭が痛くなってきた。これを最初から全て読むのは……、ちょっと……。だから、拾い読みをすることにした。解らない旧字や単語がすぐに調べられるようにオンライン授業で使ったままになっていたパソコンの前で。適当なところから、ノートの半分くらいのところを開けてみた。そこを何とか読んでみる。

我が国の高射砲の砲弾が自分たちに向かって後方から飛んでくる。

――なに？　……？？　我が国……？　自分の国、味方から攻撃されているの？

私の前にいた戦友が吹き飛んだ。近くの折れた木に友の引き裂かれた肉が引っかかり、何ということか、敵弾に当たったのではなく味方に撃たれて吹き飛んだ。逃げようにも後ろからでは逃げようがないではないか。前方からは敵の弾が狙ってくるのに。これでは堪ったものではない。

――ヒヤー、これって現実に起こった話？　前方から攻撃され、後方からも弾が飛んでくるなんて！　それも味方の弾……？　ゲームじゃないリアルな世界で!?　信じられない！

何とか逃げ延びた。激戦の中、確かに戦友は味方の高射砲で殺された。この激戦で何人の戦友が味方の弾で死んだのか。

――僕は衝撃を受けた。このたった数行の文章で、もっとこの人の、この時を知りたくなった。それで最初から読むことにした。早く読み進みたいのに字が解らない。何度も旧字体変換で何とか解読し始めた。

曾祖父の文章

私は大阪の現在の天王寺区にて、大正四年一月に父鶴松、母キヨの長男として出生、と戸籍抄本に記載。父は歯ブラシ職人、母親は土地（滋賀県仰木村）の代官としての武家の血を引く家に生まれ婦道を心得た人だった。母方の祖父は明治維新の改革により村役場に勤めていたが、祖父母とも死没後、長兄の放蕩により家没落。よって、その兄と共に大阪の塩問屋に働きに来て、父と縁あって結婚したのだと聞いている。

――ええっ？　僕の先祖はお代官様だった！　時代劇でよくやっている悪徳代官とか憎らしい人物がご先祖様!?　農民でなく、商人でもなく、武士でも足軽ではない。その当時の縦社会では偉いお代官様。でも、よくある時代劇では悪徳代官……？　喜んでいいのか、後ろめたさを感じなければならないのか複雑な気分だな。だけど、今度勇斗に会った時、ちょっと自慢してやろう。

ページを繰った。

私の学歴は高等小学校卒業だ。その頃の私は勉強が好きであったし、試験でいい点を取るのが嬉しかった。だが上の学校に行きたいとの思いはなかった。あの頃の近辺の子供達も皆、勉強より家の手伝いを多くさせられ、少しでも家計の足しにと早くから稼ぎに出ていた。それが普通と思っていた。だが、それは知らずの間に社会教育として教えられていたという結果に至ったと自分では思っている。

高等小学校を卒業する時、担任の窪田先生が教室にて最後の別れの話をされた。その話の終わりに「この中に大人になった時、借家の二、三軒も持つ者がいたら出世した方だろうな……」と笑いながら言われた。その時、私は心の内で、何を言うか、俺が大人になったら先生よりきっと偉くなってみせてやる、と思ったことが七十歳を過ぎた今でも忘れることはできない。しかし、先生も既にこの世の人ではなくなっている。

私自身、小さな商店の奉公人や家内工業の職人で働いていても大きな事はできないと思った。そこで一旗揚げるため、道を切り開くつもりで軍隊に志願したのだ。しかし、人生において一番いい時期を戦争、そして日本の敗戦、ソ連に四年半もの年月を抑留された。そして混乱した社会に復員したが、抑留中に共産主義教育を受けたとしＧＨＱの公職追放者名簿に記載され、公職は勿論のこと、どこも雇ってくれる企業はなかった。故に、どん底の生活、ありとあらゆる苦難を体験、経験し、それを経て今日に至っている。だが結果、名誉財産を残すより、少しでも人としての途を歩んでいく事が、その人の最も幸せであるとここ数年、考え感じるようになった。

――曾祖父さんはソ連に？　ロシアだな。そこのシベリアに抑留させられたのだ。ＧＨＱの公職追放者名簿って何やろ？　ＧＨＱってマッカーサー元帥とポツダム宣言しか思い浮かばない。調べなければ。

政府の要職や民間企業の要職に就くことを禁止することとネットに書かれていた。

曾祖父さんは苦労しているな。

曾祖父さん、この手記みたいなものを書いたのは七十歳を過ぎてからか。仕事をリタイヤしたら時間ができたので自分の人生を振り返ってみたくなったのだな？

現役入隊当時の事

昭和十年十二月現役兵として朝鮮平壌歩兵第七十七聯隊第一中隊に入営した。

暖かい大阪より急に連日零度以下の平壌の軍隊生活には相当堪えた。しかし、士官学校出たての教官、谷口少尉は「寒ければ訓練に励め」と、我々兵隊を薄着に馴れさせた。また、言葉が知らぬ間に大阪訛りがでて、その都度、軍隊用語に訂正するまで返事を貰えず、徐々に自分でも注意をし、改めていった。

一期の検閲が終わると私は上等兵候補に選ばれて、毎日、銃を担いで演習訓練でアカシアの花咲く練兵場を走り廻っていた。

その当時、我々兵隊は十日毎に二円十八銭を貰っていた。その内、常に首から提げていた貴重品袋の裏側に五十銭玉を縫い付け、幾らか預金もさせられていた様に思う。その残りで酒保に行き、日用品に煙草、特に五個十銭の乾パンの味は今でも印象に残っている。それに隔週くらいに日曜の午後、平壌日本人街に外出したが、特に初年兵の頃は常に腹が空き、幾ら喰っても余り満腹感はなかった。そのため一度、給付係曹長に「妹が結婚します。祝いを贈りたく預金を出してください」と嘘を言って、幾らかの金を引き出して貰い、乾パン及び他の食い物に化けたこともあった。

その頃を思い出すとすぐに頭に浮かぶのが、いつも美しく清掃された面会所だ。それは、衛兵所の裏側にあった。最初は、どのような人が誰に面会に来るのかと思われたが、当時、遠い平壌まで面会に来る人は遂に一度も見かけたことはなかった。

僕はここまで読んで、――毎日、銃を担いで演習訓練でアカシアの花咲く練兵場を走り廻っていた――　とある箇所が気になった。この情景とは違うけど、僕の顔が丘で布団が大地？　変だけど、僕が眠っているときに枕元を駆け回る兵士、やはりこの兵士だと思えた。

戦争ゲームのしすぎかな？　それで関連付けられて兵士が駆け回る夢、一度見た写真の兵士が反映されたのかな……？

アカシアの花って、どんな花やろ？

ネットで調べてみたら、黄色くて木に咲いて、小さい花がかたまっているように見える。曾祖父さんはアカシアの花を知っていたのだ。ロマンチックな人だったのかな？　祖母ちゃん達に遺伝子を残していないみたい。

北支出動

昭和十二年七月七日、入隊前軍事教練を受けた同年兵の除隊（一年六ヶ月）でがらんとした中隊内に突然、日中両軍の盧溝橋に於ける衝突が新聞紙上一面に報道せられた。それと同時に隊内は急に騒がしくなり、聯隊章を外し新品の軍服衿章、無地のものに取り替へ、各人に支給せられている銃剣を付刃のため聯隊兵器工場に研ぎに出し、銃を白布で覆って認識票を受け取り、忙しい出動の準備を完了した。

その後、中隊舎前に吾々兵隊を整列させ、中隊長立会いの上、准尉より中隊の戦時編制を発表せられた。それにより、私は隊より一人、第一大隊本部付伝令として中隊から離れていった。

愈々出発の朝、営門より平壌駅に向かって喇叭（らっぱ）を鳴らし進軍し、沿道には一般民間人の割れるようなバンザイの声に送られた。しかし、この群衆の中に吾々出征兵士は誰一人として知る者はいなかった。私自身も特別に戦場に行くという切迫した意識もなく、むしろ平壌の軍事教訓から解放せられ、且つ汽車に乗って遠く見知らぬ土地でも旅行に行く様な気分になっていた。

途中、新義州（中朝国境の街）を過ぎ安東駅に着いたところで、初めて見る珍しい煙草を買い、次々に過ぎていく満州広野の景色は何も彼もが珍しいものばかりで好奇心を揺り動かされた。

やがて、部隊は天津日本人学校に駐屯したが、暑い天津の夏は食も進まず、酒保のサイダーで腹を満たしていた。

数日後、その処へ先に一年六ヶ月で除隊した同年兵が一部旧年兵と共に召集となり加わった。二ヶ月振りの再会を喜び、私等の大隊本部には谷口君が配属になり兵隊は私と共に二人になった。

七月二十五日、深夜、本部にある電話のベルが急かしく鳴り響き、第十一中隊（五ノ井隊）が郎坊に於いて支那軍と衝突（郎坊事件）、現在交戦中との連絡あり。吾が大隊本部員も忙しそうに聯隊中隊を往来しており、私達兵隊も落ち着かなかった。

翌日、本部下士官に随行して郎坊における戦闘の跡を視察した。その折り、目にした駅構内の柱や壁、そこら一帯の弾痕、その凄惨さに背筋が張り付き、初めて戦争の凄まじさ、戦争とはこのようなものだと見せつけられた。

構内の引き込み線に近寄ると、有蓋貨車の中に昨夜の戦闘で傷ついた兵士が寝かされ、包帯に血を滲ませていた。それを見て、痛ましさに思わず「頑張れよ、しっかりせよ」と声をかけずにはおれなかった。

行宮、南苑の戦闘

郎坊の戦闘の直後、私達の部隊にも出動命令が下り天津を後に出発した。その地は夏の太陽をまともに受け、それに完全武装に弾幕まで携帯しているので、暑く苦しかったのを憶えている。

その道中、道路脇の樹陰で仰向けに寝かされた兵隊が口より真っ白な泡を吹き熱病で苦しんでいるのを見た。だが、誰も止まる者はなく横目で見ながら黙々と前進を続けていた。

やがて、戦闘部隊と敵の交戦が始まり、私等の処も敵弾のピューン・ピューン・ピチピチという銃撃を受け始めた。その時、誰かが「ピチピチと耳を掠める音が至近弾だから気をつけろ」と、大声で怒鳴るのを聞いた。

私の大隊本部は、直接戦闘部隊ではなく各中隊への指揮連絡に当たり銃を撃つこともなかったが、時間の経過と共に益々銃機迫撃砲弾が近くに炸裂して、付近の土が鉄兜の上にばらばら降りかかってきた。

その時私達は大隊長羽鳥少佐を中心に各中隊の直ぐ後ろに集まっていたが、聯隊本部が私達の位置する大隊本部横まで進出してきたので、大隊長は大声で「聯隊本部は何故無謀な前進をしてくるのか、今この掛け替えのない兵隊を殺してしまってよいのか」と、聯隊長鮎登大佐のいる聯隊本部に向かい大声で怒鳴っておられた。私もこの有様を横で見ながら、大隊長は私等の事を気にかけてくれているのだ、頼りがいのある人だと信頼感が増した。

敵が退却し、戦闘が終わったのは日も暮れてからであった。

戦闘中は忘れていた喉が急に渇いてきた。だが周囲一面玉葱畑で、それも昼間の戦闘でその茎の上方が鎌で刈り取ったようにきれいに銃弾で撃ち飛ばされていた。畑の中であり、それも日が暮れ暗闇では井戸の所在も分からない。側にある玉葱を一つもぎ取り、囓り水分を取ろうとしたが、何とも云えない味につい吐きだして余計に口の中が悪くなった。

どうしようもないと諦めかけたその時、誰かが暗闇から「井戸があるぞー」と叫んだ。急ぎその方に走って行くと、中国人の農家横に三人ほど日本兵が集まっていた。彼等の足元、そこに井戸があるのを見た。

その井戸は私達が知っている日本の井戸とは異なり、地面に直接四角い穴を掘り、崩れないよう周囲に石が敷いてあるだけのものだった。

気がつけば、昼間とはうって変わり雨がしとしとと降り出していた。井戸の直ぐ側に今日の戦闘で死んだ二、三の支那兵の屍が転がっており、その死体を伝って雨水が、低い井戸の中に流れ込んでいた。だが、先に集まった日本兵はその屍を銃と足先で除け、井戸の水を汲んでいた。私も急ぎ一口飲んだところ、何と旨かったことか。その水でやっと口の渇きも取れ、吾に返ったようであった。

後に、この戦闘を行宮（黄村）の戦闘と称せられていたのを知った。

翌日、又すぐに南苑の戦闘が開始せられ、前日の行宮（黄村）に於ける広野とは異なり、その前方には土で築いた城壁があった。

初めは飛行機にて爆撃を投下して白煙を上げていたが、部隊の前進が出来ず、野砲隊が私達兵隊の戦闘している第一線に進出し、敵陣に向かい零距離射撃を始めた。だが、その一発が前に散開していた兵隊の上で爆発したため、一度に数人の兵隊が死傷した。

その時、私の前にいた兵隊は大腿部を骨まで抉り取られ軍袴と共に肉片がぶらりと垂れ下がり、とても正視することはできなかった。その後、友軍数回の激戦でその城壁も陥落し、私達がそこに到着したときには、その壕の中に敵味方の死骸が血と泥で重なり合うようになっていた。それらの死体の一人一人、誰が誰か全く分からず、一見、日本兵か支那兵かの区別さへ付け難かった。如何にその攻防が凄まじかったか物語っていた。

その戦闘で私達本部の渡辺曹長も戦死された。

その日、あちらこちらで木を組んで黍殻を被せた上に兵士の亡骸をよこたへ、戦友達の手で焼く煙と臭いが、日の暮れていく畑にいつまでも続いていた。

次の罫線用紙に走り書きのような短い文章があった。

我が国の高射砲が自分達に向かって飛んでくる。前にいた戦友が吹き飛んだ。近くの折れた木に友の引き裂かれた肉が引っかかり、何という事か敵弾に当たったのではなく味方に撃たれた。逃げようにも後ろからでは逃げようがないではないか。前方からは敵の弾が狙ってくる。これでは堪ったものではない。

――僕が最初に読んだのはここだ。衝撃を受けたところだ。

行軍

行宮（黄村）南苑及び北平周辺の戦闘も終わり、長辛店にて約一ヶ月近く駐留したが、その間、第一中隊を訪れ、同年兵達と久し振りの再会に無事を喜び交々に話し合った。だが、戦闘前にお互い楽しく話し合った時のような状況ではなかった。私は話を聞いて同年兵達、中隊の苦労を知らされた。

中隊に於ける給与その他については、私がいる大隊本部では経理将校もおり中隊とは数段の相違があるように思われた。中隊では時々、周辺部落より食料の調達等を行っていたと聞く。吾々はそのような事もなく、中隊にいる同年兵達に比べ恵まれていた。中隊及び小隊の苦労を思うとそこに居る兵隊達がひどく気の毒に感じた。

その後、部隊も保定に向かって前進を開始したが、連日の行軍で食事も落ち着いて炊事することもできず、腹が減ったら携行食の乾パンを歩きながら囓り、飯盒の蓋に水筒の水を入れ乾燥した味噌を溶きそれを飲んでいた。一番困ったのは、瑠璃河を渡るおりに腰まで浸かり、残り少ない大切な煙草まで濡らしてしまった事だ。窮していると大隊長から数本の煙草を馬の上から分けて貰い、非常に嬉しかった。隊の列も長くいつまでもだらだらと続いていた。

――曾祖父さん、煙草が好きだったのだ。この時代の成人男性は殆どの人が吸っていたみたいだし。うーん、タバコの効用……？　きっと緊張が解れたんだ。戦闘後のタバコの一服は全身の緊張から一時解放されたのかも……？　僕の世代は、煙草は良くない。ニコチンは血管や心臓に害をきたすと教育されたから一度も吸ったことはなくタバコの利点が分からない。だけど、戦場では必要だったのかも!?

時たま、敵の前線小部隊と遭遇し、目前の部落を走り廻っている敵と交戦したが、その頃になると、自分自身、だいぶ戦闘にも慣れてきたように思った。

掃討作戦も終わり、一カ所に集められた敵の捕獲兵器はその殆どが青龍刀と小銃、その他数少ない古い形をした棒銃・径機・迫撃砲で何れも逃走途中に捨て置かれたものか。日本軍の吾々のものと比較してみれば吾々の方が数倍勝っており、支那軍もこの様な兵器でよく戦いをしているなと、支那兵達に同情し感心もした。

尚、その時に敵の捕虜五人を捕らえた。だが、部隊が進行中であるが故、加藤軍曹が処分することとなった。

軍曹は私を従え、後ろ手を数珠繋ぎに縛った捕虜達を森外れの川の縁に連れて行き、草の上に座らせた。すぐに軍曹は私物の軍刀を抜き、次々に捕虜達の首を切っていった。だが、なかなか思うように切れず、〝ボヤン〟と豚や牛を棒で殴った様な音を立て倒れるだけで、映画や芝居で観た人切りとは大分違うと思った。その時に初めて、人が目の前で殺される刑を見た。その光景は全く妙な感じがした。

だが、処刑せられる捕虜の兵士達は何れも口を一文字に結び、一声も発せず凛としていた。肝が据わっている。やはり彼等も軍人であるなと思った。

——曾祖父さん、間近で処刑を見た！　恐！　僕なら震え上がる。

だけど、曾祖父さんは、「やはり彼等も軍人であるなと思った」って、敵の兵隊も自分達と立場は同じだと考えたのだ。それに、処刑が目前なのに一声も発せず、ということは、軍人は死を覚悟している？　という事かな？　じゃ、次は自分もその立場になるかもしれない……ということ。

なら、曾祖父さん、死を意識して志願したのかな……？

いやいや、確か前のページには、兵隊に志願したのは一旗揚げる、だったようなことを書いていた。曾祖父さんの意識には兵隊に志願した時点ではその後が存在した？

その時は僕と同じ十九歳だった。もしかして僕同様、現実を深くとらえず、あまり考えていなかったのかも……？

そうだとしたら、軍隊で生活するうちに、戦争、兵隊という現実が浸透してきて、曾祖父さんを変化させていったのかなあ？　それとも、兵隊は死と隣り合わせと知っているけど、自分が死ぬという意識はなかったりして？

人間て、自分以外の死については現実味をおびて考えるけど、自分が死ぬという意識や想像の死は遠くにあるからな。しかし、本当のところは分からない！

加藤軍曹は後の始末を私に命じたので、半死状態になっているこれらの捕虜を如何ともできず、前進を急ぐ部隊に戻るため、私はやむなく端の一人を川に突き落とした。捕虜達は数珠繋ぎになっていたので順に落ちていき、さらに上から小銃で数発撃った。川の水は見る見る赤く染まり死体は流れていった。それを見届け、その場を去った。

――曾祖父さん、人を殺している!?　殺すことで任務完遂。殺さないと終わらないから!?

ちょっと寒イボが出そう。ゲームじゃなくリアル！　怖いなあ。

後日、中隊の同年兵の話に依ると、中隊が敵側の包囲を受け苦戦の結果一時退却し、その場所に戻った時、衛生兵の佐竹君が戦死していた。その遺体を収容した時に目にしたのは、耳鼻が切り取られ、且つ局部まで挟み取られていたと聞いた。酷い殺され方をされた。

戦争とは、お互い一面識も無い個人的には何の恨みも無い者同士が、敵と見做す相手を殺す使命に燃え、命令に依り殺し合いをする。何と馬鹿げたことか。だが、その当時、その立場になれば避けて通ることのできない状況にあった。

今となっては怒りが込み上げてくる。何で、個人的に何の恨みもない人間を殺さんとならん。

途中、何と云う部落か知らないが、そこで暫く行軍を休止することとなり、吾々兵隊に給料を軍票にて支払われた。だが、部落内には一人の支那人も居らず、金を貰っても買う物も無く、中には、明日死ぬかもしれぬのにこのような金、紙屑と同じだ、と云って軍票を燃やし煙草に火を付けている兵隊もいた。

そこへ、一日遅れて従軍が商人の荷物と共に到着した。酒保も開いたが、品物と云っても餅のような飴の味がする菓子玉だけだが、兵隊達は我先にと軍票をその商人に投げ、品物を得ようと必死で争い数時間で全部売り切れてしまった。

またその日、駐留中の大隊長の要望で、何処から調達してきたのか分からないが、ドラム缶を支那家屋の庭に備え付け、急造の風呂にて、大隊長から吾々兵隊まで順番に入浴ができた。垢が付いていると云うようなものではなく、垢が積もっている状態で擦る度に大きなのがボロボロと落ち、何十日目かの入浴に、急に身体も軽くなったようで自然にお互い笑みもでてきた。

戦傷

九月、北支の爽やかな秋晴れの午前。部隊が美しい丘陵地帯に差し掛かった時、急に前方から敵の機銃射撃を受けた。瞬時に、私はその場に伏せた。

その数十秒後、緊迫した空気が漂うなか、敵及び友軍の位置を確認せねばならず加藤軍曹に従い丘陵の上から顔を出した。その時、向こうの丘陵に白煙を見た。その瞬間、ピシッ、と棒で頭を殴られたような痛みを感じ、シマッタ、と思ったと同時に突然呼吸が困難になった。窒息状態に陥り私はその場に倒れ込んだ。

それを目撃した谷口君が近く躙（にじ）り寄り、私を丘の下に引き摺り降ろしてくれた。そして応急手当を施してくれていた。

だが、呼吸ができない。舌が喉の奥に詰まって呼吸ができなかったのだ。

息のできない苦しさに、思わず自（おの）ずから口に指を突っ込み、舌を引き出していた。すると、少しの隙間から息が通り呼吸ができた。それと同時に意識を失った。

あの時、意識を失うまで朦朧とした頭の上で、上官の声が私の名前を呼んでいた。そして、「可哀想だが、これでは助からんな」と言ったのが聞こえた。

谷口君は私の血糊でべっとり濡れた軍衣を剝がし、支那家屋に走り込んで紺色の木綿の上着を取ってき、それを着せて、急ぎ背負って衛生兵に渡してくれた。

その後、衛生兵により私はすぐ支那人家屋を野戦病院に臨時仕立てした場所に送られ寝かせられていた。そこで、初めて私の傷は右歯茎から舌の先を欠き、右の咽喉部に銃弾が貫通しているのを知った。

その戦闘で加藤軍曹も負傷されており、別々に収容されていたが、数日後、野戦病院で出会ったら、やはり顔面を撃たれておられた。軍曹の傷跡は口蓋裂のようになり銃弾の入り口が私よりも大きく変形していた。故に、お互い声を発せず無言の敬礼と頷きだけだった。

その野戦病院に何日くらい居たか、詳しく憶えていない。毎日の治療は弾の貫通した傷口にリバノール液を浸したガーゼを差し込むだけで、簡単なものであり、今になってはあのような治療でよく治ったものだと思う。

入院直後、自分は口中に銃弾が貫通しており食事はできないものと諦めていたので、別に喰うことに関しては何とも思わなかった。だが、一週間くらい経過した頃から、腹の空くのを覚え始めた。今迄、一滴の水も喉を通しておらず病院にある水を少しだけソロリと飲んでみたが、傷口が痛くてとても喉には通らなかった。しかし空腹で仕方なかった。

野戦病院には軍医と数人の衛生下士官兵がいたが、殆ど連日第一線から送られてくる負傷兵の手当てに追われ、病院食と云うものは勿論なく衛生兵が第一線部隊と同じように炊事をしており内容も部隊と同じであった。

それから数日のこと、偶々、ある患者の為の食事に薩摩芋を湯で煮ており、その芋を煮る臭いが堪らず私の腹の虫を一層呼び起こさせた。何とかならないものかと芋を煮ている湯を飯盒の蓋ですくい一口飲んでみた。やはり傷口に痛みは走った。だが、無理に喉を通した処、何と美味しい芋の味をした甘い汁かと思い、二度三度と続けるうちに喉も慣れてきて、その後、流動食も喉を通すようになり発音は不明瞭ながら言葉も徐々に話せるようになってきた。

その年の冬、奉天陸軍病院に護送された。だが、ここでも別にこれと云った治療はなく、毎日病院内でゴロゴロしているだけだった。

隊に戻れないのは、傷口の舌の根元が密着したため舌が前に出ず、言葉が明瞭に発することが出来なかった所為だ。故に、春先には軍医から傷痍軍人として内地還送にしようかと言われた。だが、私は内地還送、傷痍軍人、それらは私の不慮の結果と気が進まず、原隊に戻るよう願い出た。

その後、昭和十三年初夏、平壌の陸軍病院に護送された。だが、ここでも別に治療はなく毎日、診察だけを受けていた。

そんなある日、偶々、同年兵の福井弥一君が護送されており病院の廊下でばったり出くわした。福井君は左顎に銃弾を受け、片目を失明していた。人相も顔の変形によりすっかり変わってしまっていた。その時、福井君は私に「真っ直ぐ歩いている積もりが、横の壁に突き当たって困る」と嘆いていた。

福井君の姿、不具者となったこれからの本人の一生を考えると、気の毒で割り切れない思いがした。

その後、彼は何処の病棟に移ったのか会うこともなく、戦後、年一回の七十七聯隊の戦友会にも彼からの返事はない。出席をした痕跡もない。如何様な人生を送っているのか気にかかる。

夏も過ぎ、銃弾で飛んだ歯茎の治療も終わり、私も補充隊に復帰するようになった。そこには同年兵は勿論、誰一人顔見知りの者もなく、召集兵と十三年召集の初年兵及び補充老兵だけであった。

補充隊に加わってから、補充兵、初年兵、短期現役兵の助手、中隊兵器係として勤務した。その時の兵器係下士官は現役の芋生軍曹だった。

芋生軍曹は、よく自分で「桃栗三年、柿八年、芋生軍曹十三年」と云っていたのを聞き、現役下士官候補者として進級の遅れるのを僻んでいたのではないか、との皆の見方であったが、芋生軍曹、その人は案外小さな事にこだわらず洒落で磊落な処もあり、私には特に同じ現役の兵隊と下士官である関係上、何くれとなく良くしてくれた。

祖母ちゃんが階下から「貴久、ご飯よ。下りてきなさい」と、大声でがなった。ちょっと精神を集中させて曾祖父さんの文章を読んでいて疲れたところだった。祖母ちゃんの声はグッドタイミング。

今日の晩ご飯は鮭の切り身と菜っ葉のお浸しに味噌汁だ。見た途端、不服を言いそうになった。これって、金持ちの朝ご飯ではないの？　もっと揚げ物とか肉料理が欲しいよと。だが、すんでの所で口を閉じた。祖母ちゃんは自分の年金をけずってこの鮭を買った。文句を言おうものなら罰が当たる？　いや、罰より怖いしっぺ返しがくるかも。お金……。

いただきます。と言って飯を頬張ったところにママが帰ってきた。

「ああ、疲れた」と言って手を洗いすぐに食卓に着いた。

祖母ちゃんがママの食事を用意し、心配そうな顔で「康恵、今日は早かったね。もしかして、クビになったの？」と言った。

「何を言ってくれるのよ。クビになったなんて人聞きの悪い。前からいた人が暫く休んでいたけど、復帰したからシフトを減らされてしまったのよ。仕方ないわ。夜間でも回してくれたら働くって言っといたけど」とママは仏頂面で言った。

ああ……、入ってくるお金の減る話ばかりだ。嫌になる。

「貴久、あんたにバイトの話があるの。隣駅のショッピングモールの一階にあるオーガニック野菜に果物と魚も売っている店ね、営業終了後に段ボールの処理やら清掃の仕事があるのよ。やらない？」

「えっ、何時から？　オンラインでも授業があるから……、夕方からやったら行けるけど」

「心配せんでも大丈夫！　夜の七時から三時間だけよ。時給は九百八十円でちょっと安いけど、無いよりましでしょう」

「たった三時間で時給九百八十円？　何それ、最低賃金より低いやんか！」

「そやけど、何もしないよりましやないの。少しでもお金が入ってきたらええのと違う？　やりながら別のバイトを探したらええやん」

「あんた、別のバイトって、勤めるだの働かせてくれだのと言って、別のバイトが見つかったら辞めるのは身勝手過ぎるわ。雇う側の身にもなってみなさい。迷惑やないの」と祖母ちゃんが割って入った。

「大丈夫やって！　そんな、すぐに条件のええバイトなんか、みつかれへんわ。それに雇う側も入れ替わりが激しいから慣れているわよ。正社員は身内だけで後はパートばっかりやし。貴久にもってきたバイトも、定年退職後に働いていたお爺さんが糖尿病で辞めた代わりよ。この時期やばいやない」

年寄りの代わりか。だけど、他にない。やってみることにした。嫌なら辞めればいいし、たった三時間で最低賃金より安いバイトなんて辞めても惜しくない。次のバイトが見つかるまでそこで働こう。

ママは食べ終わったらすぐにマスクをした。勤務時間中に多くの人と接するので、コロナウィルスを持ち帰ったら祖母ちゃんや僕に申し訳ないとか言っている。なら、食事中に喋るなよ！

「貴久、あんた毎日暇やろう。どんなバイトでもあった方がましやわ。今から明日の十九時に伺いますって連絡しとくわ。紹介してくれた人は一緒に働いている人やから、愛想ようしてや」

時間と金額が気に入らないけど、休みの日以外毎日行けば七万円以上になる。

「ああ」と返事をしておいた。

「貴久は、今な、私のお父さんの手記を読んで勉強してるのよ」と祖母ちゃんがママに言った。

祖母ちゃん、勉強って……!?

「え、お祖父ちゃんの手記？　そんなん、どこにあったん？」

「加恵姉さんが持ってきたんよ。貴久と同じ年の頃が書かれているらしいのよ。私は本やら新聞も読むのが嫌いやから読みたいとは思わんけど」

「あー、もしかして……、貴久の六年生の夏休みの宿題で戦争体験者の話を作文にするのに見せてもろたやつかな？　あの時は忙しかったからそのままになったけど、ちょっと詳しくしりたいなあ」

「貴久、読み終わったら私と康恵に話してくれる。それで、取り敢えず今はどんなところなん？」

「さっきまで読んでたんは芋生軍曹の話や」

「何、芋生軍曹って？」ママがとんちんかんの顔をしている。

「曾祖父さんが負傷した後、復帰して補充兵になった時に兵器係下士官やった人。その人が出世の道を外れていたようで、自虐ネタみたいに『桃栗三年、柿八年、芋生軍曹十三年』て、自分の事を言っていたらしい。それを他の人は僻(ひが)みに取っていたけど、曾祖父さんは磊落(らいらく)な人と思ったみたい。磊落って、石が三つに落ちるという難しい漢字や。解らなかったから調べたら、度量が広いとか小事に拘らないとかの意味やったわ。曾祖父さんは、その芋生軍曹の人柄が好きやったみたいやな」

「ふーん、芋生軍曹ね。私はお祖父ちゃんにそんな話は聞いたことが無かったな」と、ママが言えば、「ああ、そういえば芋生軍曹、聞いたことあるわ」と祖母ちゃんが言った。

「たしか、私が高校二年生の時やったと思うけど、お父さんが小さな富有柿の苗木を一本買ってきて、庭に植え付けるときに『八年経ったら柿が喰えるぞ』と言ったんよ。そやから、この秋には食べられへんの？　と聞いたら、『桃栗三年柿八年と言って植えてから八年経たんと実がならん』と説明してくれたの。その時に言ってたわ、『桃栗三年柿八年、芋生軍曹十三年』て」と、付け加えて話した。

「ああ、あの加恵おばちゃんの家にある柿の木のことやね。それでお母さん、その時に芋生軍曹のことは気になれへんかったの？」と、ママが訊いた。

「ええ……？　ああ、芋生軍曹のことね。あの時は芋生軍曹って何やろ？　私の知らない十三年せんと実がならんお芋の種類かと思っていたわ」

「ええー？　うそー！　祖母ちゃん高校二年生で芋生軍曹が芋の種類って？　やば！」と僕が吹き出すと祖母ちゃんも笑い出した。

「本当に私ってバカやったわ。高校二年生にもなって。あの時は芋生軍曹というお芋はピンク色の薩摩芋のような物をイメージしてたわ」

ママが祖母ちゃんをバカにした目付きで「信じられへん」と言った。

その目付き、止めろよ――。祖母ちゃんをバカにした目付き。僕たち居候だし、この家、伯父さんに一円も渡さずに僕たちが貰うよう仕向けなければならないのに。

「いやあ、祖母ちゃん、ピンク色のお芋ってカワイイよ。高校二年生の祖母ちゃんはきっと可愛かったんやろな」

「うーん、それはもう可愛かったわ。写真、見てみる？」

「いや……別にええ！」


ママが明日は早くから弁当屋に働きに行くため一番に風呂に入り、その後すぐに僕が入った。そして祖母ちゃんが続いて入る。光熱費の無駄をなくす努力をしているのだ。明日からは僕が遅くなるから時間をずらそうかとも言っている。ショッピングモールは一駅向こうだ。電車を使えば楽だし早く帰れるけど、電車賃がもったいない。往復歩きで行く。「少しくらい光熱費がかかってもしれてるやろ？　入りたいときに風呂を沸かせば」と言えば、祖母ちゃんが必死になって言ってくる。「春になったら、固定資産税も払わんとあかんのに、何を暢気な事を言ってるの」と。「どれくらい？」と訊けば「七万円くらいかな？」と言う。ウエー、明日から詰めて行くバイト代一ヶ月分だ。僕が払ってやるとは決して言えない。やはり、始末しなければ。

曾祖父さんの手記に戻る。

その年、聯隊の兵器検査があった。その数日前、召集の中隊兵器係将校（少尉）に私は中隊兵器庫まで呼び込まれた。「帳簿上、中隊の小銃が一丁足りない。兵器検査にはどうしたものだろうか」と相談を持ちかけられたのだ。私も他の物と異なり兵器類の小銃となると困ったものだと思った。その将校は幹部候補生の教育を終えてすぐ召集になり、中隊兵器係を命ぜられていた。故に軍隊の詳しい内部事情は何も知らない。中隊兵器係は、これまで永く軍隊の飯を喰った下士官がその運営に従わされていたのであるから。

別に盗難とか紛失とは考えられず、何か帳簿上の間違いであろう。そうだとしても兵器検査迄に何とか員数を揃えなければならない。

当時偶々、元銃工兵だった新居君が戦傷にて補充隊に戻っており、聯隊兵器係になっていた。ここで員数を付けてやろうと、修理兵器の使役兵を連れ、聯隊兵器庫に修理兵器の受領に赴いた。そこで、新居君と軍隊調で云うダボラを吹いている間に、何百兆とある小銃のうちから一丁を失敬。その後は何食わぬ顔をして使役兵に持たせた。

その後、中隊に戻り兵器係将校に兵器庫でこの事を話すと、将校はその大胆さに呆れ驚いて言葉を失っていた。しかし、目前に迫った兵器検査を控え、何とか員数を揃える事の出来た安堵と不安の入り混じった妙な顔をしておった。

私もこの事が公になれば、ただでは終わらない刑事処罰を受ける覚悟をしていた。だが、私個人的なものではなく中隊長以下関係者、特に係りの将校下士官が困ると思い、何とか員数を合わせてやれと、思い切った行動に出た次第であった。

兵器検査も無事終わり、その将校も間もなく野戦に転出して行き、芋生軍曹も第一線にと出動して行き、この兵器庫でこの事を知るのは私一人となった。今日迄この事実は他人に洩らした事なく私の胸に仕舞い、聯隊でもこの事に就いては何も調べた形跡もなく平穏に済んでいった。

その頃、補充隊は召集の下士官や補充兵の出入りが多くなっていた。

下士官の学校を卒業して私の中隊に配属になってきた磐田伍長は、私より三、四歳下の様に思われた。子供のような顔をして身体も小さかった。

或る雨の日、講堂で銃剣術の稽古をすることとなり磐田伍長と試合になった。その磐田伍長の容貌が私を、こんな子供に負けてなるものかとの思いに駆らされた。その思いから磐田伍長を木銃で胸を突きペーチカに押しつけてしまった。

その時、本人は着任早々で何も云わなかったが、下士官が兵隊に負けるという事に付き発奮したのか、数ヶ月後には相当上手くなり私も歯が立たなくなっていた。

しかし、下士官の中には意地の悪い召集の者もおり、何かに付け階級に依り私達古参兵を押しつけようとしていた。だから、私も反抗的態度にあった事は認めている。沖縄の那覇出身の高良君と私の二人が憲兵選抜試験を受け合格した。

ページがいっぱい抜けているみたいだ。突然、憲兵の試験になっている。今日はここまでとして、明日、後ろの方を繰ってみよう。

朝早くから加恵おばあちゃんの声が階下から聞こえてくる。ママは弁当屋に出勤するのが早朝なので僕を起こさないよう静かに行動するのに、気遣いが無い、と思って時計を見ると、もう八時だった。

「あら、貴久君は今起きたばっかり？　学校が休みだと遅くまで眠れてええね」なんて、僕の寝起きの顔を見て加恵おばあちゃんは皮肉っている。

「学校は休みじゃないって。オンライン授業！」

「それやっても楽が出来てええね！」

「何がええね、やのん。学校に行かれへんのに」

「友達に会われへんのよ」と祖母ちゃんが言いながら、僕の朝飯にインスタントコーヒーを作ってくれ、食パンを焼いてくれている。

「友達に会われへんて、まだどんな子がおるのかも分からんのに。学校に行かれへんから友達も作られへんわ。そやのに、何がええね、やの」ぶつくさ文句を言いながら食卓に着いた。

僕が朝飯を食べる横で、加恵おばあちゃんもインスタントコーヒーを飲むらしい。

「貴久君、曾お祖父さんの書いたものは読んでるの？」

「貴久は読んでるわよ。昨日、どんな内容かかいつまんで教えてくれたのよ。今は芋生軍曹十三年のところ」と、僕がパンを頰張ったばかりだったから、祖母ちゃんが代わりに返事をしてくれた。

加恵おばあちゃんは先に曾祖父さんの手記を読んでいたので、すぐに柿の木に関連した内容と判った。

「姉妹でも、祖母ちゃん達は文章を読むのが苦手と得意なのに分かれているね。加恵おばあちゃんは父親似なのかな？」

祖母ちゃんはパソコンも不得意だ。加恵おばあちゃんにパソコンの使い方を教えて貰ってはいるけど、知らない専門用語なんかが出てきて説明を聞いていると頭に霞がかかるらしい。一人で取説を読むとなると眠くなって頭に入らないとか言っていた。

と言うことは読解力がゼロに等しい。

加恵おばあちゃんは父親に似ているという言葉に機嫌が良くなった。何故なら、僕が小学五年生の時まで生きていた曾お祖母ちゃんは人並み外れて小柄で面白い顔をしていたし、痴呆が始まっていたのかトンチンカンな会話ばかりしていたから、母親似と言われるのがいやなのだろう。気持ち、分からないでもない。

祖母ちゃんも食卓に着き、三人で曾祖父さんの話をするつもりらしい。

「加恵おばあちゃん、曾祖父さんの手記で抜けている所は無い？　敵の弾に当たって治療した後、補充兵になって、その後、もう憲兵になっている。憲兵になるまでの経緯はどこを捜しても無いけど!?」

「ああ、そう言えば、私が読んだときも無かったなあ……」

「私はお父さんが憲兵になった経緯なんて考えたことがなかったわ。初めから憲兵に志願をしたと思っていたわ」と、祖母ちゃんが言った。

「祖母ちゃん、僕も知らなかったからネットで調べたら、最初から憲兵で入隊はできないねんて。兵隊の中から志願をするか選ばれた人がなったみたいや。ブログを書いていた人は百人受けて二人だけ合格したって。曾お祖父ちゃん、頑張ってんな！」

「へー、お父さん、頑張ったんやね。百人のうち二人ねえ。そやから昔の映画なんかでは憲兵が威張ってたんかな」

「憲兵が威張っていたのは多分軍事警察やったからやと思う。曾祖父さんが威張っていたかは知らんけど、曾祖父さんも百人のうちの二人やったのかな？」

「私がお母さんから聞いたのは、十人に二人やったような気がするわ。随分前のことやから確かでは無いけど。うーん……、もう四半世紀前くらいになるかな。お父さんが死んで一周忌の後、二人で城之崎温泉に行ったのよ。その時に聞いたんやけどね」

「ああ、覚えているわ。私も誘ってくれたわね。そやけど、主人がその時は癌で手術をしたばかりやったから行かれへんかってん」

「そうそう、あの時やった。あんたは大変やった……？　いいや、違う！　あの時は確かあんたの主人が駅まで私とお母さんを送ってくれたわ。あの時、あんたが行かれへんかったんは何やったかなあ……？　忘れたけど、他の理由があったんや。何で、やったかな？」

もう、話がすぐに脱線してしまう。人も七十歳にもなると生きてきた過程が長くて、所感や雑念が多く出てくる。多分、思考回路が滅茶苦茶に枝分かれしてくるのかな。

ママも言っていた。加恵おばあちゃんは永年会社勤めをしていてしっかりしていたけど、家でじっとしている間に祖母ちゃんと変わらなくなってきた、と。

「祖母ちゃんが行かれへんかった理由はええから、曾爺さんの憲兵になった経緯を話してくれる」

「ああ、そうやった。その城之崎に行った時に憲兵になった経緯もやけど、結婚の話もお母さんから聞いたわ」

「へー、そうやったん！　私は聞いたことがなかったわ。お母さん達の結婚式の写真は加恵姉さんの家においてあるね。お父さんは軍服で、お母さんが角隠しをして黒紋付きの写真。フフッ。それで、お母さんが座っていたから分かれへんかったけど、二人の背丈がもの凄く違うので面白かったって田舎の叔母さんが言っていたわ。あの後、叔母さんも死んでしもたな」

「もう！　祖母ちゃんはいいから黙っといて。加恵おばあちゃん、早く曾祖父さんの憲兵になった経緯を話してくれる」

「ああ、そうやった。私のお母さん、あんたの曾お祖母さんが言うてたんは、傷痍軍人で還送しようかって話があった時、軍に戻りたいと申し出ると、軍医から憲兵の試験を受けてみてはどうかと薦められた、と聞いたわ」

　あの時やな。曾祖父さんが帰還兵や傷痍軍人になるのを避けたとき。

「それで補充兵の時に勉強をしたのかな？」

「それは知らん。でも受けたら合格したって。その時に合格したのは沖縄出身の高良さんという人と二人だけやったと聞いたわ。その高良さんという人に、私は会ったことがあるねん。大学の卒業旅行で友達四人と沖縄に行ったおりにね。その時は沖縄に行くのに、パスポートが必要やったのよ。あの時は、沖縄は外国やったわ。ワクワクしたわ。それで高良さんは、お父さんが連絡をしていたからホテルまで会いに来てくれはったの。でっぷりした円満そうな小父さんやったわ。ニコニコして握手をされてね。私はお父さんからお土産を言付かって昆布の佃煮と岩おこしを持っていったの。今じゃ考えられないわよね。たいしたものや無いのに重いし荷物になるのに。あちらはＭＪＢのコーヒーとチョコレートに、クッキーを用意されていてね、それを貰って帰ってきたわ」

「そうそう、あの時は豆から淹れるコーヒーなんて家で飲んだことが無かったから、お母さんが近所の誰かから聞いてきて、ネル生地を買いに行って、袋を作って、ヤカンで焚き出して、大変やったわね。それで、うすくて美味しくなかった。ウフフッ、きっと分量を間違えたんやね。匂いだけはすごく良かったけど。そやけど、クッキーとチョコレートは美味しかったわ」

「お土産の話はもうええから、次、話してくれる」

本当に話が進まない。先を聞きたいのに。祖母ちゃん達は！

「そう言えば高良さん、うちに戦友の小父さん達が集まった折に話題に上がっていたわ。高良さんに憲友会の案内を出したら、皆さんに会いたいけど沖縄が返還されて、ドルから円になって商売が忙しく内地まで行けません。と、丁寧な出席辞退の手紙が幹事さんに届いたとか。その時に、あんたの曾お祖父さんと一緒に憲兵の試験を受けたことも話題に上り、どなたか小父さんが仰っていたな、高良さんが憲兵になった理由……」

「曾祖父さんは傷痍軍人や帰還兵を避けるために憲兵になったみたいだけど、高良さんは何で憲兵になろうとしたの？」

「えーっとね、確か、高良さんは高射砲兵やったの、どこの前線かは聞かなかったけど、高良さんが発砲したら、前にいた味方の上で炸裂して多くの兵隊が亡くなったようなの。小父さん達が言うには、あの頃は指揮官や高射砲兵が未熟な者が多く照準がずれていいのではないか、または高射砲自体に不備があったのではないかと。でもね、高良さんはすごく悩まれたみたいよ。自分の放った砲弾が味方を殺したと。でも、軍隊ではそんな理由で高射砲兵をやめますと言っても聞いては貰えないこと百も承知じゃない。だから逃げると言っては言葉が悪いけど、避けるために憲兵になることを選ばれたみたいよ。後々、あんたの曾お祖父さんも言っていたわ。高良さんはあの時の事を思い出せば胸が抉られる思いだと言っておられたと」

ここまで加恵おばあちゃんの話を聞いていて、僕が最初に読んで衝撃を受けたところが思い返された。

我が国の高射砲が自分達に向かって飛んでくる……。

高良さんは高射砲兵としてどこの前線で勤務していたのだろう？　満州？　沖縄戦でかもしれない。もしかして、あちこちで……日本の高射砲はやらかしていたのかも。

僕は高射砲のことで暫く思いを巡らせていたら。加恵おばあちゃんの話は続いていた。

「えっとね、お母さん達が結婚をして、新婚生活は平壌の憲兵官舎で暮らし始めたんやって」

加恵おばあちゃんは、あの頃の母親、僕の曾お祖母ちゃんの話を思い出して懐かしくなったのかいい顔をした。

そして祖母ちゃんが、「今では行きたくても行けない所やね。その頃の平壌の写真も加恵姉さん所にあるよね。冬は寒かったやろな。食事なんかはどうやったのかしら？」

「さあ、どうやったのかしら。そやけど新婚の時に、お魚一匹を半分に切って煮付けてお父さんに頭の方を出したら、尾のほうと替えてくれと言ったそうやわ。食べやすいからやって」

「そう言えばお父さんは、いつもお魚はシッポやったわね。お母さんが他所の人には見せられない、一家の主やのに蔑ろにしているみたいやと言っていたわ」

と、姉妹二人で自分達の親を懐かしんで笑っている。

もう、そんな話はどうでもいい、曾祖父さんの憲兵時の話をしろ、と言おうかと思ったが止めた。我慢。気分を害させてはいけない。祖母ちゃん達の不動産はママのものに、その後は僕のものだから。

「貴久君、今、思い出しながら喋るのは、話がまとまれへんわ。あっちを思い出したり、こっちを思い出したりしてね。あんたの曾お祖母さんから話を聞いて、ちょっと感慨深かったから私も日記に書いたのよ。それを読んでみるわ。そやけど、どこに仕舞ったかな……？　話はそれからや。またな！」と、加恵おばあちゃんはインスタントコーヒーを飲み終わって帰って行った。

十時過ぎ、本日のリアルタイムのオンライン授業を受けていると、階下から祖母ちゃんが「加恵姉さんと健康体操に行ってくるから留守番しといて」と声を張り上げた。

祖母ちゃんは昨日、出費を減らすことを考えて健康体操を辞めようかと言ったが、それはあまりにも祖母ちゃんが気の毒だ。だから、僕は辞めなくていいと言った。ママも祖母ちゃんの楽しみだから続けたほうがいいと。健康体操の会費は僕の三日分のバイト代に比例する。だけど、祖母ちゃんの唯一の楽しみだ。だからやはり低賃金のバイトでも行かなければ。

「行ってらっしゃい。楽しんできて」と気持ちよく送り出した。

オンラインのリアルタイム授業が終わって、何もすることがない。ゲームでもしようかと思ったが、曾祖父さんの手記、抜けていても続きを読むことにした。

だけど、憲兵の試験を受け高良君と二人が合格した、ここで途切れている。何度、いろんな所を繰ってみても憲兵になった経緯も無ければ、憲兵時代の事も書かれたページはない。ページ番号が無いからどれだけ抜けているのかも分からない。

次に書かれているのは富寧の悲劇となっている。終戦になり、捕虜にされる為に収容されている時のことのようだ。

昭和二十一年正月早々、私達が収容されている延吉捕虜収容所に第一回の異動をソ連側より命じてきた。

勿論、私達はこの異動はソ連に連行される為のものと推測をしており、誰も進んで申し出る者はなかった。

当時、収容所に於ける私と同室の今西君は発病し、意識がはっきりせず酷い高熱であった為、私が背負い医務室に収容させた。

向かい側の列にいる海州隊勤務であった井上敏夫君は、常に私達同室者に対し、同隊の隊長の悪行を訴えていた。

その隊長は終戦宣言と共に、部下に対しては何等処置する事無く隊の公金を全部、己個人にて不法携帯し、三十八度線に近い海州より家族共逃去せる。その為、残った吾々はその後始末、特にソ連軍より隊の公金の質問に於いては返答が出来ず窮した。特に隊長が逃去した事に付き、その無責任さは若し自分が帰る事が出来なかったとしても、誰かその隊長としての責任を追及して貰いたい。勿論私が帰った場合はただでは置かない。何等かの処置をすると口癖の様に云っていたが、この人もその後、発疹チフスに依り発熱をともない頭が狂いだし医務室に収容された。

なにぶん、私達が平壌三合軍に収容されてから今日まで約三ヶ月の間、衣類の着替えは一枚も無く、下に敷いた筵に毛布一枚、襦袢、袴下、夏軍衣袴を着た儘の数ヶ月で、食事も延吉に来てからはソ連軍の配給で一食となり、豆または雑穀類の三百五十グラムの量だけで栄養失調になった。あわせて、虱の媒介に依る発疹チフスの発生に依り、次々と倒れていき、私も出発の二、三日前より発熱して終日床に伏せていた。隣の寝台の上田君も私より先に発熱していたが、この度の異動で私の名を発表せられた事に付き、「誰かに代わって貰っては」と盛んに私の異動を止めた。しかし、私が行かなければ他の誰かが行かなくてはならない。又、早いか遅いか何れは行く事になる。今度の異動に付いても余り誰も行きたがらない。だから、私は背負われてでも行くからその儘にして、私を異動名の中に入れておいてくれと云い、私は異動者の一員となった。

昭和二十一年正月、捕虜には正月も何もなかった。

薄っすら雪の残った収容所の庭に、異動組が整列した一〇〇〇人の地方人に指揮者は召集の私達の知らない少尉が当たり、その下に萩原、入船、木津の三氏と私の四名がこの異動組を引率する事になった。だが、その殆どは警察官で一部裁判所その他官庁の者もいたが、私達には名簿だけで顔見知りの人は一人もいない。

私は一人の警察官の肩を借り、その隊列に並んで残雪の延吉を後に鉄道線路まで歩き、そこで有蓋貨車に乗せられた。日も暮れた頃に降ろされ、街の中を歩いて或る工場の中に連れて来られた。その後、私はその入り口の部屋に座り込み動けなくなってしまった。その時、誰かは分からない十人くらいの者達が座り無言の儘、焚き火を始めた。私もその中で横臥し、暖をとっていると、萩原さんが私を探し出し「今、皆の部屋の割り当てをしておるが、倉庫で何も設備のない処なので、今夜は火の側にいた方が良い。翌朝迎えに来る」と云って、工場の中へと消えて行った。

それで、私は煙でいっぱいにしているが、焚き火の暖が心地よく、知らぬ間にうつらうつら寝込んでしまっていた。だが、途中目を覚ました処、今迄見えていた焚き火の明かりに依る周囲の人の顔が全く見えなくなり、困ったと思ったが、何とも処置の致し様がなく朝のくるのを待った。翌朝、木津君が迎えに来てくれ、萩原、入船、木津の三氏の居る部屋に連れてこられ、そこで数日、食事その他の世話になった。

何日くらい過ぎた頃か、私も徐々に回復し皆の手伝いも出来るようになり、私達異動組も北鮮の港が氷結のため春を待ち解氷と共にソ連に渡るのだと知った。

そのうち、私と入れ替えに入船さんが発熱で寝たきりになった。

私より数人離れた処にいる人が朝起きた処、急に意識がなく駄目ではないかと、そばの者が云ってきた。取り敢えず私はその所に行き様子を見た。その人は頭から毛布を被り寝ていたので、その毛布を静かに持ち上げたところ、その首筋に何と何匹もの虱が列をなしていた。初めて見たその様な状態に身の毛が弥立つ思いで、ぞっとした。すぐに其の儘毛布を掛け、取り敢えず医務室に連絡に行った。だが、医務室としての部屋はあるものの、軍医も衛生兵ですら居らず、部屋の中は驚きの光景だった。そこには、各人が持ち歩いていた筵で持ち主である死體を包み、縄で縛ってまるで米俵の様に積み重ねてあるだけだった。そこに居た者に訊ねると、死體は毎日裏山に何人かの使役に依り埋葬されるのだと聞いた。しかし、今は土地が凍っており、それに完全な道具もなく、ただ地上の雪を掻き除けそこに寝かし、上から雪をかけて置くだけだとその使役の者は云っていた。春になればその下から死體が出てき、野犬の餌になる。何と酷い事かと思った。如何とも仕方なく、何れは吾々にもこの様な運命が来ると感じ取った。

それから幾日もしないうちに入船さんが帰らぬ人となり、線香の一本も手向ける事も出来ず、只、手を合わせ使役の人に埋葬のため連れて行かれるのを見送り拝むだけであった。

もどかしさと虚しさを噛みしめていたら、入船さんと前後して今度は萩原、木津の両氏が寝込んでしまい、数日も経たないうちに二人とも意識がなくなってしまった。医者も居らず薬も無い、私は何の手の施しようもなく、只見守るだけである。途方に暮れていると、重患者は延吉の病院に護送すると連絡が入ったので、急いで両氏を病院に護送してもらうべく手筈を取った。

木津君が大事に持っていた鉄道懐中時計を途中盗まれないよう角型石鹸に穴を掘り、その中に埋め、くれぐれも落とすなよ、と云って本人の持ち物の図嚢の中に入れたが、その人は殆ど意識がなく、ただ苦しい息をしているだけであった。

愈々、出発の日、輜重車（しちょうしゃ）に筵を敷き二人を乗せ、私はその後に続き駅まで見送り、貨車に乗せるまで見守ったが、その後二人の消息は途絶え、如何になったのか未だに知る人もない。

連日、余り沢山の人が死んでいくので、ソ連側もやっと腰を上げ、各外庭にカマドを築き、その上にドラム缶を載せて衣類の煮沸滅菌を始めた処、急に死亡者が少なくなった。延吉で編制した人員もバラバラになり、そこで又、集めて編制替えを行い、私達の長にまだ若いが元憲兵少尉だと名乗る人がなった。

一応、発疹チフスの蔓延を阻止出来たが、栄養失調は何分、ソ連側の配給の関係上止める事は出来ず、積もった雪の下から春を待っている草の芽を摘み、それを喰ったりした。中には馬芹を喰って死んだと云う風評も収容所内の話題になっており、都会育ちの私にはどれが野草か判らず、野蒜を一本貰い、見るのも初めてだが喰うのも初めてであった。だが、何と美味しいものだと思った。

しかし、そのうち私も下痢が甚だしくなり、昼間露天の便所に屈みきりとなってしまった。便は小便のように音を立て発出し、最後には出るものもなくなり血便となり液体が体内から出て行く。再び歩行も困難となった処、誰が教えてくれたのか憶えていないが、松の木を焼きその炭を喰えば良いと教わり、松の枝を取ってきて焼きその黒くなった表面の炭をそげ落としそれを喰った。その味は何と解したらよいのか、要は炭の粉を水と一緒に喉に流し込んだ様なもので、普通では飲めたものではない。だが、他に方法は無く止める訳にいかず、二、三回繰り返しているうちに、あれほど酷かった下痢も嘘の様に止まった。

曾祖父さんの別の罫線用紙

大東亜戦争も日本の降伏により幕を閉じ、直接敵と銃火を交える事なく朝鮮半島三十八度線以北の平壌憲兵隊管下の隊員は一部事前に脱出した者を除き、全員ソ連側の捕虜となり異国の地に送られました。その逆境の中、一人ずつ消えていきましたが、そのうち私と行動を共にした萩原、入船、木津の三氏も犠牲者であり、その最後まで行動を共にして知っているのは私一人であります。

昭和二十四年十二月、私がソ連より帰還して早速、郷里に連絡を取りましたが、入船氏宅ではその返信に「遠路、態々来て戴いても田舎の事ゆえ、現在何も出来ませんので、申し訳ありませんがお申し入れご辞退致します」と丁重なるお断りの手紙を戴き、木津君宅にも手紙を出しましたが何の返信も貰えませんでした。萩原さんはその後、奥さんが再婚されたとの事を知り、今更過去の事で現在の生活に罅（ひび）が入る事になってもと思い其の儘伏せてきました。

この遺族の方々に於いても、戦時中なれば軍のある者の死に対しては「お国の為」だと云って周囲の人達から尊敬と絶賛の眼差しで迎えられたであろうに、敗戦後の捕虜になっての無慈悲な死。本人達の限界を超えた辛苦の末の死を世間から不憫がっては貰えても、意味のある死ととって貰えない。無念でなりません。

私とて、敗戦当時の状況からして、帰還しても軍人と云うだけで何か肩身の狭い思いをさせられました。四年半の捕虜生活の後、やっと自分の国に帰ってきたら、戦前と戦後、日本は、世間は大きく変わっておりました。

また、現在生き残っている私達仲間でも、誰々があの時に死亡したと云う事だけで時の経過が悼む気持ちを薄めてしまうのか、特別に関心も示さないようになりました。

これでは全く戦争が残した逆境により消えて行った仲間達の霊に対し無念が過ぎる思いです。

――この罫線用紙は誰かに出した手紙のようだ。下書きかな？　なら、誰に送った手紙やろ？

この次の罫線用紙

北朝鮮富寧にて栄養失調と発疹チフスで死亡した仲間、入船氏、萩原氏、木津氏、この三名の事実に於いては、私に先が無くなってきた所為か、心急くものがある。

今や世の中も落ち着き、若い世代には戦争の非業さも忘れられた昨今、これら戦争が終結した後の犠牲者となってしまった戦友諸氏。この非遇の友を思うと、彼等の墓前に線香の一本でも手向けるべきと思う。だが今更、私が平穏に暮らしている彼等の遺族の前に現れ、何と語るのか。幸せな暮らしをしているなら、過去の事実を妻達は知りたくないかも知れない。それより、この儘そっとしておく方が良いのではないか。さりとて、私は老いていく一方にて、去りゆく過去の傷跡をも記憶が薄れていく。遺族妻達もそうであろうが、私も老人として人生の最後を楽しんでいる日常に、彼等の無念は私を急かすものであり焦燥に駆られる。私自身を思うと墓前に行けるのは今をおいて先は無い。

だが、やはり、抑留地での死と云う不透明に胸の中にしまって置いた方が老いた遺族には幸いであるかもしれぬ、との思いが交差する。

四十年が過ぎた今日、当時を想い出し、私の行動の中に彼等の姿を書き留め置く。私は焦燥の中に迷いも持っていた。もし、自分の願望を通そうと遺族の元を訪れ、墓前で手を合わせたとしても、家族にとれば迷惑な行為であるかもしれないと。

ここで、この事については一旦途切れている……。

——曾祖父さん、犠牲になった戦友達を弔いたいけど、残った家族に辛い思いをさせたくない。この葛藤に、答えを出せない焦燥を誰かに言いたかったのかな？

この綴られた文章、これを書いた人が僕の血縁で、こんな経験をしたなんて言葉を無くしそうだ。あの時代の人。あまり僕とそう年の違わない人達が、こんな悲惨な目にあっていたのだ。戦争って負けたら怖いな。シベリア抑留は聞いたことがあっても、教科書で習って先生に説明を受けても、ただ、単に知識として聞いていただけだ。捕虜になれば生きている価値を問いそうになる。嫌な事だらけだ。

それに、敵に攻撃されて死んでいくのじゃ無く、まだ抑留地に着いていないのに発疹チフスの感染症や栄養失調で死んでいく、そんなぞんざいな扱いに多くの人が死んだ。じわりと迫ってくる死だな……。精神的に出口の無い痛めつけられかただ。人間って、どこまで堪えられるのかな。出口が見えない状況に僕ならすぐに精神病に罹ってしまいそう。

それにしてもソ連は酷いな。

「ただいま」と祖母ちゃんの声がした。

体操の帰りに商店街でコロッケを買ってきたとか、「今からキャベツを切るから、それで昼ご飯を食べなさい」と声を張り上げている。祖母ちゃんは元気だな。僕は「分かった」と返事をしたけど、曾祖父さんの悲惨な世界が頭を覆って、今の現実のコロッケに向かない。

また、祖母ちゃんが「ご飯できたから、食べなさい！」と階下から声を張り上げた。ご飯を食べ終わったところに勇斗から電話があった。売れ残った魚を持って行ってやると。だが、滅多に家に帰ってこない勇斗の二番目の兄ちゃんがＰＣＲ検査で陽性だったから、家の離れで隔離生活をしていると聞いていた。勇斗と他の家族は陰性だったらしいけど。それでも「来るな！　魚は欲しいけど、うちには高齢者がいるのだ。今回は要らない。それに僕は今日からバイトを始める。夜に行かなくてはならないから今から勉強をする」と断った。勉強なんて、そんな嘘は通じないことは分かっていたけど、勇斗には今は会わない方がいい。

僕自身バイトを始めるのに万が一と言うようなことがあっては困る。今は、隔離生活は絶対に避けなければ。ママもパートを休めない。休むとすぐ生活に支障をきたす。それに祖母ちゃんにもしもの事があったら、まだ遺言状も書いて貰ってないのに。今は祖母ちゃんの年金が頼りだし、元気でいて貰わないと。

夜、バイトに行こうと家を出たら勇斗が待っていた。高齢者がいるから家に入るのは遠慮したらしい。魚は要らないと言ったから持ってきていない。退屈で誰かに逢いたかったようだ。

「お前、ＣＯＶＩＤ－１９は持ってきてないやろな」

「俺は陰性やって！　お前、年寄りと暮らし始めてから、本当に怖がりになったな。俺はコロナと違う。ちゃんと検査したから」

「そやけど、二番目の兄ちゃんが陽性やから家で隔離生活しとる言うてたやないか。それでウィルスがお前に飛んできて、こうしてるうちにもお前の中で増殖したウィルスが僕にも飛び移ってきたら、嫌やんけ！」

「お前な、そんなこと言うてたらバイトになんか行かれへんぞ。症状の出てない人がいっぱいおるし、そこら辺にどんな人がおるか分からんのに」

勇斗は一駅離れたショッピングセンターまで付いてきた。そして、僕が中に入るときに手を振って、「またな！」と帰って行った。

バイトの仕事は簡単だった。倉庫のあちこちに散らかっている段ボールを一定の場所に集め、たたんで明朝の回収車に載せる準備と店内の床の掃除、ショッピングカートとカゴの消毒に商品を載せる棚の整理と清掃。それらをオーナーの息子、僕から見たら気の弱そうなオッサンの指示に従って助手をする。

ママのパート仲間の紹介だからママに迷惑をかけないよう一生懸命に働いたら、オーナーの息子、オッサンに「よう、頑張るのう」と褒められた。たった三時間だからあっという間に過ぎるし、前任者は高齢者だったとか、僕は若いからこれしきでは疲れない。

挨拶をしてショッピングセンターを出て、祖母ちゃんの言っていたことを思いだした。

「生鮮食品を扱う所は、昼間はお客がいるから風通し良くして臭わないけど、客が帰った後はそれらの腐った臭いがするよ。それに、営業中は店で売る焼き魚や揚げ物なんかの匂いで食欲をそそるけど、そんなんの販売が終わったらいっぺんに匂いが変わるわ。地面に落ちている物が腐ったりしてね。夏は暑いから特に臭いわ。そやから子供の頃、母親に頼まれても夕方遅くに市場に行くのは嫌やったわ。あんたも店を閉めると臭いから覚悟しといたほうがええよ」なんて。

いったい、いつの話だよ。祖母ちゃんの子供の頃の話。半世紀以上も前の市場と一緒にして！　ショッピングセンターはビルで空調が効いているし、設備が違うのに。何にも考えない祖母ちゃんやな。でも、それくらいの方が幸せかも。

その晩、僕が帰宅したら、直ぐに風呂に入れとママが言った。ママも帰るなりすぐに入ったらしい。と言うのは、スーパー入り口の洋装品店の店主がＰＣＲ検査で陽性だったことが分かり、消毒で大変だったらしい。コロナを身近に感じたみたいだ。

「明日からも帰ってきたらすぐにお風呂に入るわ。マスクは家族でも絶対に食事中以外はすること！　私はお弁当屋の後、次のパートまで時間があるから、その間は自分の部屋でじっとしとくわ」と決めている。

フン、調子のいいこと言って。掃除に食事の用意まで全部祖母ちゃんに押しつけて、自分は部屋で韓国ドラマを見るか昼寝をするつもりなのだろう。僕に自分の食後の洗い物は自分でしろ、なんて言っておいて。自分は祖母ちゃんに頼りきっている。勝手だ。

風呂にも入ったし、祖母ちゃんが用意をしてくれていた夜食のパンも食ったし、まだ眠くないので曾祖父さんの文章を読むことにした。

昼間読み終わった次のページからは年老いてからの曾祖父さんのことが書かれている。

曾祖父さんの年老いてからの手記

私はつい昨年までソ連に対し絶大なる恨みを持っておった。日本の敗戦に依る和平工作を当時の日本側重臣はソ連側を通し工作した。ソ連は日本不可侵条約締結中にも関わらず、日本の敗戦確実と見るや、独ソ戦終結と共に満州樺太に進かいした。そして日本人、特に無抵抗な民間人婦女子老人子供に対し暴行、暴虐、強姦は勿論のこと重要施設、軍需物資、農産物から日本人の私有財産までめぼしい物は奪い取り、それを鉄道や船舶に依り本国に輸送強奪した。その上、永年の戦争で疲弊しきった自国本土復興のため、日本人男子は戦争に関係あると無いとに関わらず労働力として全員本土に連行の中、多くの犠牲者を出したのである。

しかし、私も年齢よりして仕事や家庭の方、戦後四十年を過ぎた現在は己の身辺も一段落し、その暇を見ては読書の時間も多くなり、戦時中の日本軍、特に末期の日本軍は侵攻先で如何なる事をしたのか、平和な現在、目を覆いたくなるような蛮行が行われていた事実を知ったのであるのだが、その原因はその人にもよるが日本軍隊の組織及びそれを指揮した重臣達の無能によるとしか云えない。

又、樺太に於いてソ連兵の日本人婦女子に対する強姦暴行が表面化した時、その部隊の兵士が即七名銃殺になっている。しかし、日本軍の場合は軍法会議に送られた事は知っているが、侵攻中に即銃殺と聞いた事もなく、むしろ強奪及び強姦の場合には何れも証拠湮滅のため、放火殺害をしており幹部も暗にそれを扇動していたようである。

ソ連も日本も国が永年の戦争に依り貧窮の極に達し、各兵に於いても己が生き、且つ人間としての欲望を達成する行為であり、特に一番犠牲の多かったのは戦争に関係のない民間人婦女子でありこの後は白紙だ。

曾祖父さん、書くのが嫌になったのかな？　まだ何枚もあるけどこの続きがない。一旦中断してそのままになっているみたいだ。

日記帳のような物があった。これは新しい。曾祖父さんの死ぬ直前の物かな？

カバーがピンクだ。曾祖父さん、ピンクて、女子みたいに。開けて見たら字が違う。こっちは読みやすい。曾お祖母ちゃんが書いたのかな？

十一月三十日　晴天

父の七回忌が無事滞りなく済んだ。一郎の奥さんは欠席だった。なんでも体調がよろしくないとのことで息子の浩一だけが出席をした。住職が帰った後は近くの料亭でまだらボケの母を囲み会食をした。

もう六年前になるのか。父が死んだ五月にしては暑かった子供の日。

――これ？　加恵おばあちゃんの書いた物……？　これやないか！

加恵おばあちゃん、家の中を捜してもない筈や。

あの日をつづっておこう。

昏睡状態の父を見て、医者はあと一週間ほどです、と言った。そして、家族のどなたかが付いていてくださいとも。その時、妹の小夜子が、どなたかって皆忙しいのに一週間も付いていていられませんよ。姉も仕事があるし、母はもう歳やし、なのに一週間もこんな状態なんですか？　と、何を勘違いしたのか医者にくってかかった。医者はムッとして、お父さんに聞こえていますよ。人の命なのに、と言った。私が止めればよかったが、私も一週間もと思ったのは確かで、仕事が気になって声がでなかった。

取り敢えずその時は私が先に帰り、ずっと父の側にいたので、ほったらかしになっていた家の掃除をすることにした。それから小夜子と交代する予定でいた。

掃除をしていたら、小夜子が帰ってきた。えっ？　と思ったけど、自分が掃除を早く済ませてすぐに行けばいいと思い、小夜子を責めなかった。

小夜子は、側に居るだけで何もすることがないから帰ってきたわ。ご飯の仕度もせんとあかんし、と自分の家に戻っていった。私は、なら私がすぐに病院に行こう、と急いで掃除機をかけていた。なのに、五分もしないうちに小夜子が戻ってきた。そして、お父さんが息を引き取りそうやって、と慌てていた。私は戸締まりがあるので、小夜子に母を連れて先に病院へと急がせた。

戸締まりをしている間も気が急いていた。掃き出し口のガラス戸や勝手口の戸を閉め玄関に行きかけた時、ふっと顔の周りに風というほどの物ではないが空気の移動を感じた。ふんわりとした温かなものが。

お父さん……？　父の匂い？　父と言うより薬品の病院の消毒薬の匂いがした。父が帰ってきた……？

はっと吾に返り、急がんとあかん。待っていてお父さん、すぐに行くから。と、慌てて家を飛び出した。そして自転車を思い切りこいだ。

病院に着けば父は亡くなっていた。一人で息を引き取ったのだ。ゴメン、お父さん。小夜子と母も臨終に間に合わなかったようだ。看護師さんは、ご家族の方がいなくなってすぐに容体が変化してお電話をしましたが、どなたも出ませんでした。ですから二番目の連絡先の携帯にかけさせて貰いました。とのことだった。私のところ、掃除機の音で電話の鳴る音が聞こえなかったのだ。お父さん、ゴメン。

父は一生のうち、どれだけ働いたのか。日本が戦争に負け、シベリアに抑留されGHQに公職追放令の名簿に載せられ、公職どころか、どこも雇ってくれるところは無かった。自分でなんとかするしかないと、母方の洋裁をしていた叔母に手ほどきを受け、保育所の制服の縫製販売を始めた。最初は何とも心細く頼りない商売であったが、保育士が転勤する度に新たに注文をくれるので納品する保育所が増えていき、その後、幼稚園に小学校にまでと広がっていった。父はその仕事に心血を注ぎ励んでいた。

父を思い描けば働いている姿ばかりだ。苦労と勤労の一生。そのお陰で、私達家族は裕福とまでは言わないが、穏やかな生活に遺産まで授かった。それなのに、あんな寂しい死に方をさせて、ゴメン。

十二月十日　晴れ

仕事を終えての帰宅途中、頭が自由になるとどうしても父の事を考えてしまう。

父は一人で死んでいった……。悪いことをした。しかし、父の普段からの振る舞いを見ていたら、違う考えも浮かんできた。

父は家族であっても自分の事で迷惑をかけることを憂いていた。自分が今この時を生き長らえては迷惑がかかる。誰もいない間に逝ってしまおう、と、自ら三途の川を渡ったのではないか？　それに、家族が自分の事でうるさく騒ぐのを嫌っていた。私達が、特に母が今際の際に何とか父を引き戻そうと躍起になる姿が鬱陶しい。甲高くケタタマシイ声で、お父さん、お父さん！　と連呼し、父に取りすがり叫び続けるだろう。その姿、その場面が鬱陶しい――。その状況を避けたのではないかと思う。

その気持ち、解らなくない。母の騒ぎ立てる声は癇に障る。私は今まで何度も、シャラップ！　と命じそうになっていた。

父は、間もなく自分は死ぬと決まっているのだから煩く騒ぐな、ほっといてくれ。それくらいに思って、あの世とこの世を往き来しながら様子を見つつ、一人になった隙に、今だ、とあの世に旅立ったのかも、なんて想像する。というのは、あんなに満ち足りた顔で死んでいったのだから。

一月五日　薄曇り

今日は父の月命日で住職がお参りに来た。母と二人で住職に倣い数珠を手にあの世での安らぎを祈った。

住職の経を聞きながら父の死に顔を思い出していた。死に顔は吃驚するくらい男前だった。むくんでいたのか、しわが伸びて若返って子供の頃に見ていた父の顔に戻っていた。とてもイケメン。

父の葬儀は花で飾ってあげたけど、父はどう思ったかしら？

父は日頃から「わしの葬式はせんでええ！」と口癖のように言っていた人だ。理由は人間誰でも死ぬ。地獄も極楽もこの世にある。死後の世界なんか無い。だから無意味な葬式は要らん、のようなことを言っていた気がする。そして、葬式、線香、そういう死後の世界に通ずるしきたりや因習を嫌っていた。

だが、嫌っていても、そうはいかない。葬儀は執り行われた。

弟の一郎が父より先に亡くなっていたので、名目上、喪主は母にさせた。挨拶や取り仕切りは私がしたが。

一郎の時は当然のこと義妹が全て執り行ったので、弟が夭逝したことに可哀想で辛さはあったが、あの世に送る責任というものは感じなかった。

しかし父は私が送ってやらねばならない。

父は何故、あれほど自分の葬儀を嫌がっていたのかを考えた。単に思いつきのような言葉、死後の世界は無いとかじゃなくって、ちゃんとした理由を聞いておくべきだった。だが、仕事と年老いた両親の面倒を看て私はくたくたで余裕がなかった。

それで、父の死に直面したとき、私なりに考えた。

多分、白黒の鯨幕と白木の祭壇が醸し出す雰囲気、陰気な何かの気配……？　が、嫌なのではないか？　と。

その忌み嫌っているところに、たとえ、死んでいても本人が嫌がっているのに安置されるのはどうか？　とも、考えた。

それに、父は抹香臭いのを嫌っていた。葬儀で燻されるように焚かれる線香が嫌かもしれない？　でも、死んだら仕方ない。故人に線香を手向けない訳にはいかない。だが、あの世に行った今は、もしかして、抹香の香りをいい香りに感じているかもしれない。どうかな……？　判らないことばかりだ。死んだ人に質問ができたらいいのに……。

お花の祭壇、お父さんより私の方が気に入ったのかもしれない。白い花が綺麗だった。

――やっぱり、これやないか。加恵おばあちゃんの書いた物は。

加恵おばあちゃんは、曾お祖父ちゃんの死亡時を書いていたんだ。

だけど、何なのだろう、加恵おばあちゃんの想像力。あり過ぎ！

曾祖父さんは「自分の葬式はするな」と言っていたらしい。でも、やらんわけにいかんやろと僕も思う。僕は生まれていなかったので、その葬式は実際には知らないけど、大勢の人が最後のお見送りに来てくれたと聞いていた。それでも、葬式をされたこと不本意だったかな……？

そうだ、僕の大叔父の一郎さん、早世やったらしいな。ママから聞いたことがある。

一郎さんは機械工具の商社に大学を卒業後勤めていたが、十年後に自分で事業を始めた。だが軌道に乗らず、曾祖父さんにお金をかなり借りていた。そして、家族経営で息子の浩一にも手伝わせ自転車操業をしていた。だが、曾祖父さんが死ぬ一年前に心筋梗塞で死んでしまい、その時は借金が相当あったが死亡保険金で何とかしのいだらしい。

一郎さんは商売が下手だったのだな。その一郎さんの葬儀は小さなお葬式だったらしい。ママと祖母ちゃんが辛くて嫌だったと話していたのを何度も聞いた。そして、一郎さんと社内恋愛で結ばれた奥さんは健在だが、法事以外に交流はないと祖母ちゃんが言っていた。

なんだか、僕の血縁は暗いな。明るい話題はないのか？

ここで、僕は寝ることにした。明かりを消して目をつむった途端、携帯が鳴った。

勇斗からだった。

「お前、今から寝るとこやったのに。なんやねん、こんな遅くに」

「ええ？　もう寝るのんか？　まだ……、おお日にちが変わってた。悪い、悪い。もうすぐ午前一時。丑三つ時やな」

「お前、間違うてる。丑三つ時は午前二時から二時半や」

「えっ？　何でそんなん知ってんねん？」

「曾お祖母ちゃんから聞いたことがある！」

「それ、いつの話や？」

「ずっと前や。小学校の低学年頃かな……。夜中に目が覚めてママがおらんかったから泣いてたら、曾お祖母ちゃんに早寝んと丑三つ時はお化けが出るでと脅されたんや。その時に、掛け時計を指さして時間まで教えてくれた。確か、祖父ちゃんが危篤でママと祖母ちゃんが病院に行ってたから、曾お祖母ちゃんが僕の面倒を看てくれてたんや」

「お前の生活は年寄りだらけやな。そやから怖がりになったんか？　それにお前、今でも自分の事を僕て言うよな。お前以外に僕て言う奴、おれへんぞ！」

「仕方ないやろ。ママと祖母ちゃんに小さい時から僕と言いなさいと躾けられたから。一人親家庭でママが頑張ってるのを見てたから、逆らわれへんかったんや」

「そうやったんか？　すまん！　中学の時、それで、からかった事があったな」

「それに、僕の生活は祖母ちゃんがおらんかったら成り立たんかったんや。ママが働かなあかんからな。二歳の時から保育所に預けられて、保育所が終わる時間に祖母ちゃんが迎えに来て、ママが帰ってくるまで一緒にいてくれたからな」

「お前、もしかして、小さいとき暗かった？」

「いいや、普通やったと思う。けど、そんな話はどうでもええやろ。何で電話してきてん？」

「別に……」

勇斗は家にずっといるから退屈で仕方ないのだろう。気持ちは解らなくはないが僕は眠い。

なのに、中学の時の誰それがどうのとまた言い始めた。グダグダとどうでもいいことを。だから、「僕はバイトで疲れている。お前も、もう寝ろ」と電話を切ってやった。

　眠ろうと目を瞑った。なのに、今度は目が冴えてしまっている。眠れない。

　勇斗と話をしていて、僕の小さかった頃の不安……、それが頭を掠めたから!?


　ママは僕を育てるため、ずっと働いていた。

　僕が小さかった頃、ママは近くの中小企業に正社員で勤めていた。そこは勤務時間も長く土曜日も隔週しか休みはないけど、辞めさせられては困ると決して欠勤はしなかった。僕が熱を出したときも心配そうな顔をして祖母ちゃんに頼むと勤めに出ていた。それに、保育所の運動会が雨で火曜日に延期になった時、ママは僕に仕事があるから行けなくてゴメンねと言った。その時のママの目は涙でうるんでいた。僕も祖母ちゃんには悪いけど、ママに来て欲しかった。他の子と違いパパがいないのにせめてママに来て欲しい。この日の僕の顔は暗かったと祖母ちゃんは言っていた。学校で父兄が集まる時にはみんなは親の姿を探す。だけど、僕は祖母ちゃんだ。祖母ちゃんを見たら軽く手を振っておいたけど、心の中ではママに来て欲しいと思っていた。なのに、僕が、母親が来なくても平気になった頃、企業は倒産をした。

　その後は父兄参観にママが来ないことより生活の心配が始まった。

　ママは事務職が見つからず、クリーニング屋や弁当屋のパートの掛け持ちが始まったのだった。折を見てハローワークにも通っていたようだが、上手くいかなかったようだ。その頃のママは、ハアー、と大きな溜息を何度も漏らしていた。ママの顔は引きつりそうで怖かったし、額の縦皺が消えず求人欄を見るママは空気で僕を寄せ付けなかった。

ママは、短大を卒業して大手ゼネコンに就職をしたと聞いている。そこの受付をしていて多くの男性から言い寄られ、けっこうモテていたそうだ。まあ、以前は今よりずっと細かったし、顔は十人並みより上だと子供の僕も認める。だからその頃はけっこう楽しかっただろう。だけど、どこでどう間違ったのか僕の知らない僕の親父と知り合って、僕の授かり婚で退職をした。そして離婚。

一度だけ、祖母ちゃんが親父の事に触れかけたとき、ママの顔はピクッとなり頬のあたりが引きつった。祖母ちゃんもそこで話を止めた。僕はそれを見て、そのことに触れるのは僕自身も自分で禁じている。ママを怒らせるのは怖いのもあるけど、なんか可哀想な気がするから。ママは本当に心の底から僕の親父を憎んでいるのだなあ……。

親父はどんな悪い事をしたのだろう?

ここ何日かはママとは顔を合わせていない。朝早くに弁当屋に行くから僕は起きていないし、その後は直接スーパーのパートに出ているから。最初のうちは合間に家に戻っていたけど、近頃は慣れたのもあるし、仕事も増やしてもらって合間の時間が少なく、同僚と仲良くお喋りをしたりしているようだ。いちいち帰るのは疲れるし時間がもったいないと言っている。それで、僕がバイトから帰ってきた時にはもう、寝ている。

階段の踏面を挟んだママの部屋の前に立ち、中の様子を窺うとちょっと大きめの寝息が漏れてきた。疲れているのだなあ。ゴメンなママ！

祖母ちゃん達の遺産を元手に何か起業して頑張ろう。

失敗は出来ないなあ……。

加恵おばあちゃんの文章の続き。

六月三十日　薄曇り

会社を辞めたら暇で仕方がない。今日は駅向こうの繁華街まで散歩に出かけた。うろうろと歩いていると、ブランド物のバッグや時計が並べられているショーウインドウが目に入った。質屋だ。流れた物が売りに出されている。そのウインドウの真ん中にでんと居座っているシャネルのボストンバッグが嫌でも目に留まる。視線が留まるようにディスプレイされているのだ。買うつもりはないが値段を見たら十七万円。会社を辞めて少ない年金生活の私にはそぐわない代物だ。

そう言えば、昔、質屋の小父さんに怒られたことがある。私が小学三年生の時だった。同じクラスの則子ちゃんと質屋のショーケースを覗き込んで、大きくなったらその店での買い物リストを話し合っていたのだ。質屋と知らずに高級品を売るお店だと思っていた。則子ちゃんは「お婿さんにあのカバンとこの時計も買うて貰う」とか、「お母さんにもあの着物をプレゼントして貰う」なんて言ったので「私はこっちのカバンにするわ」と言っていたが、あれもこれもと言っているうちに欲しいものが重なり、空想の買い物で取り合いの喧嘩になった。それで、うるさく騒いでいて、小父さんに「あっち、行け」と、怒られたのだった。

懐かしくてショーケースに見とれていたら、客なのか、ちらっと私を見て女性が店に入っていった。その人は二十代半ばくらいかな。紙袋を提げていたので何かをお金に換えに来たのだろう。昔とは質屋を利用する人の様子が変わってしまった。後ろめたさがなく平然としている。時代だな。歳を感じる。

――加恵おばあちゃんの小学校三年生、想像出来ない。可愛かったのとかは質問はしないことにしよう。話を盛られてアルバムとか見せられたら堪らない。この部分には触れないようにする。

この日記帳のこのあたりは加恵おばあちゃんが会社を退職してから書いたのだな。

暇だったのか、ぐだぐだと日常が書かれている。

九月七日　曇り

お隣の奥さんからとっても美味しい新種のリンゴがあると聞いたので、この辺りでは高級な果物屋に出向いた。清水の舞台から飛び降りたつもりで一つ買ってみた。食べてしまったら名前は忘れたけど、値段の割にそれほど美味しいとは思わなかった。二度と買わない。

――たわいのない年寄りの生活が書かれている。

加恵おばあちゃんは飽きもせず同じような事を、何ページも書いている。曾祖父さんのことが気になるのに……。ざっとページを繰りながら一面の文字を見て、曽祖父さんに関したところを探した。

あっ、父という字があった。

九月八日　晴れ

残暑が酷くて掃除をなかなかする気になれない。でも、エアコンを入れてすることにした。

父が書斎代わりに使っていた四畳半。久し振りに入ると懐かしい香りがした。父の匂いかと思ったが、古い書籍の匂いだと気付いた。書籍にうっすら埃が溜まっている。私が学生の頃に使っていた木製の勉強机。それを父は書き物や読書をするときに使っていた。机の左端にマジックで落書きをした相合い傘、アイドルの名前と私の加恵がまだ残っている。この落書きの発見で思わず気持ちが若返った。あの頃の流行歌をハミングしながら掃除機をかけ、机の下の埃を吸い取ろうとノズルを差し込むと、ガガッと異音がした。すぐに電源を切ってノズルを引っ張り出すと赤茶けた罫線用紙が出てきた。カサカサに乾燥しているので、粉々に破れ掛けたが、吸い込まれた後の残った部分をそうっと開けると、父の文字で一行だけ書かれていた。

「忘れない為に。自分に、自分と自分の戦友達の苦痛を忘却させないために」と。

父はここで、戦争時の何かを書き留めていたんだ。

――ここにもあった。曾祖父さんの心に戦友達がずっといたこと。

それはそうと加恵おばあちゃん、アイドルとの相合い傘って想像出来ない。昔のアイドル、誰……やろ?

加恵おばあちゃんの文章に戻る。

これは、ふと、滲み出てきた思いを走り書きしたものだろうか？　もしかして、この一文の「忘却させないために」の、何かがあるかもしれない。

私はそれを見つけるために、引き出しをこれから毎日少しずつ整理しようと思った。

机の引き出しの一段目には文房具が入っていた。二段目にはノートやファイルにバラバラの罫線用紙が仕舞われている。

下段を開けると時刻表に観光地のパンフレットやらが積み重ね押し込んであった。これは満州の憲兵隊に所属していた人達の集いの会、憲友会に参加した時のものだ。憲兵時代の戦友達と楽しく旅したのだろう。大切に整理してあるのでそれが分かる。宿の栞なんかも大事にとってある。

この引き出しからは、ほんわりとした旅の楽しさが漂ってくる。そして、その時々の写真であろう、アルバムがあった。どの写真も父は微笑んでいる。一緒に写っている小父さん達もみんな笑っている。和やかで楽しい時間だったことが手に取るように判る。写真の横に「老兵の集い」と、書き添えられていた。

初めて開催された憲友会に、お父さんはいそいそと出かけていったのを思い出した。たしか、私が中学一年生の時だったから、お父さんは五十一歳だったかな。

白髪が多くてお母さんに「白髪だらけで、お爺さんになったと皆さんが驚くのと違いまっか。染めて行きなはれ」と薬局で白髪染めを買ってきて、出発前夜にお母さんがお父さんの髪をせっせと染めていた。私は傍でテレビを見ながら、両親が楽しそうに誰が来るとか、誰それに会えるとか話しているのを聞いていたのが懐かしく思い出された。

この引き出しからは、次から次に色々な土地で開かれた会の記念写真が続いた。老婦人が何人も写っている写真があった。確か、この写真の時から夫人も同伴になったのだろう。だから、勿論、母も張り切って参加し、開催地が京都だったので帰りには何人もの人がうちに寄られた。私もよく憶えている。

父も母もあの頃は元気でよかったなあ。結構な年なのにどこにあんな活力があるのかと思うくらい皆さんをもてなしていた。私や小夜子も手伝ったけど、母は買い物から食事の用意をいそいそとしていた。父は父で、奈良方面を案内しようと計画を立て、最寄り駅までは自分の車で何往復もし、後は電車で案内をしていた。かかった費用は父がまとめて支払ったので、精算すると皆さんは言われたが、父がどうしても受け取らなかった。なので、その後は各地の名産品が山ほど届いた。両親の笑顔と一緒に私も楽しかった。

その名産品のあまりの多さに一郎にも分けてやろうと母が連絡をしたが、取りに来たのは小学六年生の浩一だけだった。子供にいっぱいの荷物を持たせるのは可哀想と父が車で送っていったが、戻ってきたときには憮然とした顔をしていた。何かあったのかと聞いても何も言わない。あの時、母がぼそっと言ったのは、「一郎が来るのはお金を借りに来るときだけや」と。

自分の弟ながら情け無いと思った。商売を始めた時から考えると、どれだけのお金が父から回っているか……、思い出すと腹が立つので、もう頭から消す。

——何か、暗！　記念写真から戦友達との交友については楽しそうだったが、一郎さんが登場してからは暗い。ママの従兄弟の浩一も苦労するな。そんなに儲けられない商売なら止めればいいのに。どこかに勤めに行けばよかったのに。

加恵おばあちゃんは浩一のことを気にしているけど、何もしてやれないと言っていた。祖母ちゃんは浩一どころじゃない、息子の健介が心配だと言っていた。そして、その晩、ママにどうしているか一度連絡をしてみようかと相談したら、その時のママの顔は般若の面みたいに引きつった。それどころじゃ無い、自分が大変なのに。とママは祖母ちゃんを突き放した。

ママは健介伯父さんを憎んでいるように思う。多分、離婚をしてシングルマザーになった時に軽蔑の目を向けられ、全然相談にものってくれなかったらしい。自分の家庭は順風満帆で学力優秀の二人の息子が自慢で、何かと僕と比較してママを見くびっているらしい。ママも祖父ちゃんの法事の時だけ顔を合わすが、それ以外は連絡を絶っているみたいだ。もし、祖母ちゃんが死んだら、完全に関係は絶たれてしまう。早く、遺言書を書いて貰おう。ママが腹を立てている伯父さんに少しの遺産も渡したくない。

加恵おばあちゃんの日記
九月九日　晴れ
昨日の続きで次の紺色のアルバムを開けて見た。これは新しい。このアルバムからは寂しさが漂う。先のアルバムに写っていた楽しい時間は何年くらい続いたのだろう。
数名の老人が写っている写真の下に、父がその時の思いを綴っている。
「残念だが、一人減り、二人減りと、年を経るごとに数十人が居た老兵達は最後には数名になってしまった。そして、これで閉会となった」
最後のこの写真には、昔、兵隊だったなんて感じさせない姿。背が曲がり、全身が縮こまり、皺だらけの顔が並んでいる。この時の父は八十歳を少し過ぎた頃だと思う。もうこれ以上は父自身も参加が叶わなかったはずだ。仲の良かった小父さん達の顔は無かった。あの人、この人と訃報が毎年のように届いていたから。父はとても寂しい顔をしていた。

バイトから帰ってきてママの決めたルール通り風呂に入って、ママがスーパーで買ってきた割引シールの付いたメロンパンを食って歯を磨いた。自分の部屋に入ったら自由の時間だ。

今日はバイト代が振り込まれた日。スマホで残高を確認してみた。未だはした金……。ああ金、金、オカネ……。

いくら見てもはした金。しかたない、眠くなるまで加恵おばあちゃんの日記でも読むとするか。

机に向かうとスマホの着信音がなった。知らない番号だ。間違いかも？

「よお、久し振り。中二の時、同じクラスやった三浦や。元気か？」と、三浦聡のドスのきいた声がした。

「えっ？　なんで？　なんでお前が僕の番号知ってんの？」

三浦聡は中学の同級生、野球で高校から大学へと推薦で進学したヤツだ。身体能力が凄いのは認めるが、どちらかと言えば嫌いな奴だ。中学の頃、僕はバスケ部で頑張っていた。だがレギュラーになれなかった。そんな僕を見るあいつの目は、いくら頑張ってもお前の実力はこんなもん、と見下した目をしていた。そんな奴が僕に何の用がある？

「勇斗に聞いたんや。夕方一度かけたけど出んかったから、こんな遅くになってしもた。悪い。」

「ああ、そうやったんか。それで何の用や？」

「金儲けの話があるんや」

金儲けの話……？　あの持続化給付金のバイトの件か？　こいつから誘われたんか。

勇斗に断られたからこっちに回ってきた!?

勇斗の奴、こんな奴に僕の電話番号を教えよって。ムカつくな！

三浦は僕にも名義を貸すだけでいいバイトがあると誘ってきた。楽して金儲けが出来るとしつこく言っている。三浦が必死になればなるほど危険を感じる。部活の先輩に人を集めろと言われているみたいだ。拘わらない方がいい。

「悪い、気分が乗らんから、切らせて貰うな」と、切ってやった。「オイ！」という声は聞こえたけど、もう、かかってこなかった。

三浦、お前みたいな奴の話には乗らんわ！　と思うけど、金、カネ、お金……。

何が何でも大学だけは卒業したい。しんどいなあ……。金は凄く欲しいけど……、これは、やっぱり、あかん！

加恵おばあちゃんの日記

十月二十日　曇り

今日は上条さんから葡萄が送られてきた。

同封されている手紙には信州の秋をお楽しみくださいとバラバラの大きさの文字で書かれていた。上条さんは百歳だとか、年々、字が読みづらくなってきている。それでも、色々と季節の産物を送って下さる。母は痴呆が進んで同じ事ばかり言ってデイサービスで疎まれているし、誰が誰か関係性やらが判らなくなっているのに、この人は凄い！　母は上条さんのように手紙を書くなんてとんでもなく無理だ。今は母に代わり私がお礼の手紙を書き、お中元お歳暮を送っている。勤めていた頃は帰りに百貨店に寄り、何がいいかしらと考えるのも楽しかった。今では態々電車に乗って行くのも大層でインターネットで発注し届けて貰う。便利だが、何だか味気ない。

——ここも、ぐだぐだと加恵おばあちゃんはその日の事を書いてるな。とばそう。

十月三十日　雨

今日も父の書斎に入り「自分が自分と自分の戦友達の苦痛を忘却させないため」の何かが無いかと探した。

二段目の引き出しのバインダーを開けてみると、あった。

父の文字がぎっしり詰まった文章が出てきた。これだと思った。読んでみたら確かにここに書き込まれている。明日からちゃんと読んでみよう。

十一月十日　晴れ
上条さんが亡くなったと息子さんから連絡があった。母と一緒に三十八度線を越え引き揚げてきた人だ。夫人同伴の憲友会が開催された時に憲兵だったご主人はもう亡くなっておられたけど、一緒に引き揚げてきた人に会いたいとお一人で参加され、母と再会の喜びを分かち合ったと聞いた。

寂しいな。毎年季節ごとに信州の味覚をご賞味下さいと、色々な物を送って下さったのに。もう、思い出になってしまった。リンゴに巨峰、干し柿、切り干し大根やらお餅まで。届いた梱包を解くと土地の風が吹き、母と二人で楽しんでいたのに。

母は、分かるかな？　と思いながら上条さんの亡くなられた事を話すと、意外とすんなり受け止めた。だけど、平気な顔をしていた。

寂しくないの？　と、聞くと。寂しくなんかないわ、もうすぐ私も逝くからあの世で逢えるのに。と言った。――人間、誰でも皆死ぬ――　そういうことだろう。

この日の母はしっかりしていた。日によって認知の具合が全く違い、思い出したり、すぽっと抜けてしまったりと日を置いての話の続きは困難になる。

母は、上条さんの息子さんからの丁寧な報告の手紙を見ながら思い出話を始めた。

あの日、と言っているのは満州引き揚げ時のことだ。三十八度線を越えて佐世保の港に着くまで要した日は一年近くかかったみたいだ。その間、上条さんと行動を共にしていた。母は終戦の直前に姉の忍を出産していたが父は天皇陛下の終戦宣言の後も任務があり、母とは一緒に行動を取れなかったらしい。だから上条さんの存在は非常に心丈夫で何度も助けられ、恩人だと話していた。

この終戦時の事は父の手記には書かれていなかった。母の話で父が戦争の終わった直後もどのような任務に就いていたのかが分かった。

父が任務に赴く前、「自分にはまだやらねばならぬ事がある。一緒には居てやれぬから忍を頼む。自分が戻るとの期待はするな」と母に言い残して、二つの任務遂行に赴いた。一つは鉄道、客車を動かす交渉に当たれと隊長からの命令というよりは戦争が終わっていたので依頼があったらしい。憲兵隊家族の引き揚げに使用するためと。その時、ここにいる皆の家族は少しでも早く本国に帰れるような事を言っていたらしい。そして二つ目は、満州国皇帝の愛新覚羅溥儀を東京に亡命させよとの任務。その任務にあたるにつき、飛行機を乗り継ぐ奉天郊外の空港にて参謀本部の人と日本軍からの救援機を待っていたところ、ソ連兵に拘束された。それで、シベリア抑留となり長い捕虜生活が始まった。

このシベリアに送還された時の事は父の手記にも書かれていた。

母の話は、恐ろしいソ連兵の話になった。

収容所にいた時にソ連兵が日本人女性を暴行しようと近づいてくるから怖かった。その時に、上条さんは十歳の自分の長男を見張りに立たせ、ソ連兵が近づいてきたら大声で、空襲、空襲、と収容所付近を駆け巡らせたんや。その声で女の人は皆どこかに隠れて助かったのや。何とも機転のきく人やった。

この話は何度も聞いた。そして、上条さんが頭に浮かぶと姉の忍がクローズアップされるらしい。次にでる言葉は、忍が九ヶ月の時に収容所内で麻疹が流行りだして、それで死んでしもた、になる。

姉の忍は私の赤ちゃんの時とそっくりだったらしい。上条さんが一度うちに来られた時に家族のアルバムをごらんになって、私のお宮参りの写真をまじまじと見つめられた。そして、このお嬢ちゃんは忍ちゃんと瓜二つだね、とおっしゃった。だから似ているのだろう。当然、忍ちゃんの写真はないから私自身が確認は出来ないけど。母にも、あんたは赤ちゃんの頃、忍によう似てた。あの子は可哀想やった。たった九ヶ月で苦しそうに死んでいった。そやのに、あんたは！　と腹立たしそうに言われた。また違う日には、同じ私のお腹から生まれたのに大きな違いや。あの子は九ヶ月で死んで、あんたは何不自由なく育って。そやのに、偉そうな態度で反抗ばっかりして、と、いかにも憎らしそうだった。私が世間知らずのわがまま娘で親に反抗をし、生意気な態度をとっているのが気にくわないのだろう。妹や弟が同じ事をしても怒らないのに、忍ちゃんへの辛い記憶が反映されるのか、私にだけ腹を立てる母、何か理不尽さを感じる。

――へぇ、祖母ちゃん達にはまだ姉妹がいたんだ。加恵おばあちゃんの文章は昭和のドラマみたいだな。今夜はこのくらいにして寝よう。

昼ご飯を食べていると、勇斗が来た。

「お前、まだ緊急事態宣言が解除されてないのに、何で来てん？」

「ああ、あの……」何か言おうとしたが、僕は遮った。

「ちょっと、ここで待っとけ。飯、食ってしまうから。絶対に家に入るなよ」

うちには年寄りがいる。勇斗の家にはコロナ陽性の兄ちゃんが離れとは言え、まだ自宅で待機中だ。そんな奴が迷惑な。

だが、せっかく来たのにすぐに帰れとは言いにくい。近くの自販機で缶コーヒーでもおごってやろうと二人分のコインをポケットに入れて「祖母ちゃん、ちょっと出かけて来る」と路地に出た。

勇斗一人だけと思っていたら、もう一人いた。増井君。確か、この子は生徒会長をしていて、香澄ちゃんと成績の順位争いをしていた子だ。

「何で、増井君までおるねん？」

「ゴメンな。こんな時に迷惑だったな。勇斗に誘われて、気分が滅入っていたのでつい出てきてしまった。坂口香澄の話も聞いたし……」

増井君は勇斗に坂口香澄の墓参りに行かないかと誘われたようだ。

自販機の前で「コーヒーでええか？」と一応聞き、二人に渡してやった。

「お前は？」と勇斗が聞くので、金が無いとは言えず「僕は飯を食ったばかりやからいらん」と言ったら、自分の飲みかけのものを「飲めよ」とくれようとした。こいつはやはり何も考えていない。

「お前な、コロナの蔓延している時に回し飲みはあかんやろ！」

「おお、そうやった」

増井君は笑って何も言わなかった。さすが、増井君はコーヒーを飲むときだけマスクをずらせて、後はきっちりつけている。頭のいい奴ってのは安心感があると感じた。それにひきかえ、勇斗はマスクを片耳に引っかけて喋っている。

「お前、喋る時はマスクしろ！」と注意をしてやった。それにしても、親しくない増井君にまで電話をしたのだ。暇を持て余しているのは分かるけど、迷惑やないか。

「で、香澄ちゃんのお墓に行く話やろう？　二人で行けばいいのに、何で僕のところに来たの？」と、増井君に聞くと。

「君も行くって言ってたんやろう？　だから、今から行かないかなあと思って」

「え、今から？　突然やな！」

「そう、突然やけど、勇斗の夢で坂口香澄が寂しいから友達を連れてきてくれって泣いたそうや」

嘘だ――。坂口香澄は勇斗一人に来てほしいんだ。だから、夢に出てくる……って、言うより……、夢やんけ!?

だが、増井君も来たことだし行くことにした。

またピンクの花束を勇斗が買った。僕と増井君は付き添いという事で金は出さなかった。車を運転する勇斗の横、助手席に大きなブーケを置き、坂口香澄が座っているかのように演出をしてやった。だが、坂口香澄が横に座っているとは言わなかった。もしかしたら、勇斗のヤツ、怖がるかもしれないから。

後部座席に増井君と座り、近況なんかを語り合った。

彼が高校は進学校に進んだというのは知っていた。だが大学はどこだか知らなかった。大阪市立大学に受かったとか。僕は「すごいな！」と、賛辞を込めて言ったが、父親が病気になり、一人っ子の彼に色々なしわ寄せがきて思うように勉強が出来なかったと言っている。それで公立大学にストレート!? 必死で勉強している奴らが聞いたら怒りそうだ。増井君は決して嫌味でもなく正直に話しているだけだろうが。

坂口香澄と実母が眠る墓に花束を置いて祈った。僕と増井君は安らかにと。勇斗は、来たからもういいでしょう、夢に出てこないでね。なんてお願いしているかもしれない。真剣な顔で手を合わせている。

帰りに勇斗が「県をまたいだら、どこか開いている店があるかもな。飯、食ってけへんか?」と、誘ってくる。だけど、「県をまたぐって、そんな時間無いわ。バイトに行かんとあかんのに、二人で食ってけば」と断った。増井君も、「僕もいいよ。こんな時だし。それに金がないんだ」と断った。

増井君は続けて言った。

「父親は働けないし、母親は父親の世話をしながらできるパートを探したけど見つからなくて、家の貯金も使い果たして無くなったんだ。今は僕の奨学金と家庭教師のバイトで何とか生きている感じ。これからどうなるのか不安で仕方ないよ……。すごく自分が不幸に思えて自暴自棄になりかけていたんだ。だけど、今日は坂口香澄も生きるのがしんどかったと知ったら、不幸なのは自分だけじゃないなんて思えた。もう少し頑張らないと」

僕は言葉に詰まった。賢い奴にも困った事情がある。

僕のバイトの時間が迫っていたのでどこにも寄らず、増井君を最寄り駅まで送り、その後、僕を家まで送り届けてもらった。

増井君は別れ際、「今日は坂口香澄のお墓にも参れたし、久し振りに同級生にも会えて気分転換が出来て良かった。ありがとう勇斗、誘ってくれて」とニコリとした。

オンラインでの授業が終わった。授業の後半は眠くて殆ど聴いていなかった。だが、終わった途端に眠気がピタッと消えた。暇だからゲームでもしようかなと思ったら、加恵おばあちゃんが来たみたい。大きな声がする。

「あそこのおはぎ美味しいわよ。体操の帰りにちょっと遠回りやけど、買いに寄らない」なんて祖母ちゃんを誘っている。そして「姉さんは何個買うつもり？」と、祖母ちゃんとの会話が聞こえてきた。

加恵おばあちゃんの日記が僕の手元にある事を言わなきゃならない。

リビングに行ったら、お隣さんが取り寄せたカステラのお裾分けだとか、祖母ちゃんが切り分けていた。三人で、紅茶を淹れ、貰ったカステラを食べながら日記を捜しても見つからないとの話になった。

「僕のところにあるで。曾祖父さんのバインダーと一緒に風呂敷包みに入ってた」

加恵おばあちゃんは、「ああ、そうやったのか」と言って、合点のいく顔をした。

そして、暫く考えて「貴久君、日記返してくれる。一度読み直してみるわ」と言った。

「えぇー、まだ全部読み終わってないのに。加恵おばあちゃんの日記も結構面白いから、読んでいるのに。曾お祖母ちゃんの事なんかも書いてあるし。読み終わったら返すからちょっと待って」

「そうお。まあええけど。日記を人に読まれるのってあんまりええ気分や無いわ。なんかなあ、恥ずかしいわ」

自分は曾祖父さんの手記を全部読んで、僕にも見せているくせに。

僕は、話を終戦後の満州引き揚げ時にもっていった。ここに居る誰も経験していないけど、曾お祖母ちゃんから聞いた話の記憶をたどり、加恵おばあちゃんは語り出した。

「お父さんだけでなく、お母さんも苦労したのよ。あの時代の人は本当に大変やったわ」

「日記に上条さんという人の事が書いてあったで」

　僕は日記の読んだところまでを掻い摘んで話した。

「そう、上条さん。その方には本当にお世話になったっていつも言っていたわ。一度ね、憲友会が関西で開かれた時に、戦友達と一緒にうちに寄られたの」

　曾祖父さんの家に戦友や夫人達が集まった時の話だ。祖母ちゃんは日記も曾祖父さんの書いた物も読んでいないけど、その場所にいたので憶えているから頷いている。

「戦友の小父さん達は座敷でお酒を飲んで、死んでいった友を悼み、その遺族のその後を話されていたわね。小母さん達は隣の仏間で寛ぎながら、憲兵官舎での話をされていて、私も仲間に入れてもらって聞いていたのよ」と、加恵おばあちゃんが言えば。

「私は？　私は何してたんやろ？　その時の事、全然憶えてないわ」と、祖母ちゃんが割って入るので、僕は「祖母ちゃんも、今聞いたら」と、つーか黙っとけとは言えないので、やんわり制した。

「それで、上条さんという人に曾お祖母ちゃんはどんなふうに助けてもろたん？　僕の大伯母に当たる忍ちゃんに関係しているのやろ？」と、三十八度線を越える時に死んでいった忍ちゃんに矛先を向けた。

「そうよ。あんたの曾お祖母さん、私のお母さんが子供を抱えての引き揚げで大変なときに色々と助けてもらったみたい！　忍ちゃんも可愛がってくれはったらしいわ。戦友の奥さん達も憲兵官舎で忍ちゃんが産まれた時にはお世話をして下さったりで、忍ちゃんがうちの仏壇にいると知って手を合わせ、思い出話をされていたわ。中でも上条さんにとっては、忍ちゃんは特別やったのよ。それでね、仏壇の前でお母さんに聞かれたのよ。『忍ちゃんはお父さんに抱いて貰ったことがあったかね？』と。お母さんは『一度だけあります。勤務の合間に戻ってきて、忍を抱かせてくれんか、と愛おしそうに抱いた事がありました』と答えたら、『おお、それはよかったよ。お父さんに抱いてもらってよかったよ』と、何とも優しい顔で頷かれていたのを憶えているわ」

「その人は信州の人やったねえ。いつも巨峰を送ってくれていた人」と、祖母ちゃんが割って入った。

「そう、一度、お母さんが留守で私一人の時に葡萄が送られてきたのよ。着いた報告とお礼の電話をして、仏壇に供えさせてもらいましたと伝えたら、『おお、忍ちゃんにお供えしてくれましたか』と言われたのよ。上条さんにとって、うちの仏壇は忍ちゃんなのよ」

僕と祖母ちゃんが黙って頷いていると、加恵おばあちゃんは話を続けた。

「引き揚げが始まった時、お母さんは出産直後やったけど健康には自信があって、少しでも早く自分の国に戻れるようにと引き揚げ団の強行軍に加わったの。そこで、上条さんと一緒の収容所になってね。上条さんは新生児を抱えるお母さんを見て大変だろうと『忍ちゃんの機嫌はどうかね』と、毎日様子を見に来てくれはったらしいの。それで、あやすとよく笑う可愛い子やと大事にしてくれて。『それはもう、先輩母親として親身に世話をしてくれはる優しいかたやったのよ』と、お母さんはいつも言っていたわ。それに『上条さんは頭の良い頼もしいお人やった』ともね。そやけど、その引き揚げの途中、収容所では麻疹が流行り、子供は次から次に感染して忍ちゃんもうつってしまったのよ。お母さんは言っていたわ、『いくら麻疹にかかった子から、自分の身体で壁を作って守ろうとしても、ぎゅうぎゅう詰めの収容所内では防ぎようが無かった』って。それで、忍ちゃんは死んでしもうたでしょう」

祖母ちゃんが、「ああ、お母さんは辛い思いしたね」と言った。加恵おばあちゃんは、うん、と頷き話を続けた。

「亡くなった子供、亡骸は北朝鮮の大地に埋める手筈になっていたのよ。そやから、忍ちゃんを一度は埋めて、手を合わせたけど、お母さんは自分の子供を一人この大地に残していくのは辛くて、『忍は一人で寂しかろう』と後ろ髪を引かれる思いがしたんやって。そう思うとやるせなく可哀想で仕方なかったのよ。それで、何としても遺骨にして連れ帰る手段はないものかと周囲の人に相談をしたら、違法やけど闇での火葬を引き受ける人がいると聞いたの。お母さんは持っているお金の殆どをその人に渡して依頼したんやて。そして、夜中に一旦埋めた子を掘り返し、収容所から離れた人気のない場所で火葬をしたのよ」

——何か、あの曾お祖母ちゃんが体験したことだと思えない……。あのぼやけた顔の曾お祖母ちゃん。小説か何かの話を聞いているみたいだ。けど、近い存在の祖母ちゃんはウンウンと頷き涙目で聞いている。

加恵おばあちゃんの話は続いた。

「その時、赤く燃えさかる焔に『あんたの子だ。よく見ておけ』と、闇の火葬業をする人が言ったから、ドラム缶で覆われた焔を見ると、我が子の脳みそがタラーと焼け落ちているところやったって。お母さんは言っていたわ『見なんだらよかった。あの燃えてる忍が哀れで、いつまでも心に刺さり苦しかった』と。でも、骨は空き缶に入れて持ち帰ることが出来た。テレビで北朝鮮の日本人遺骨収集のニュースを見る度に『私は遺骨を持って帰れて良かった』と言っていたわ。この辛い時に上条さんが終始付き添ってくれてはったんよ。そやから、上条さんはお母さんにとって恩のある方で、上条さんにとっては、忍ちゃんは忘れられない特別な子なんやて」

加恵おばあちゃんの話を聞いていて、思わず時間をくってしまった。午後のオンライン授業が始まる前にやっておきたいことがあったのに。祖母ちゃん達も健康体操に行く時間が迫っていた。

「貴久、ちょっと遅くなるから、自分で冷蔵庫にあるカレーを温めて食べておきなさい」と祖母ちゃんは飯の心配ばかりしてくれる。

「ああ、分かった」と、気持ちよく返事をしておいた。


オンライン授業を聴いていても全然分からない。それに授業が始まるとすぐ眠くなる。対面授業なら隣り合った子に分からないところを聞いたり、分からない者同士なら相談をしたりするけど、一人だと不安だ。早く対面授業が始まってほしいなあ……。ノートの貸し借りや遊びの話ができる友達も作りたいし。

欠伸をしながら眠気と戦っていると、スマホの着信音が鳴った。勇斗からだ。無視してやった。すると、「何、してる?」とラインに切り替わった。「オンライン授業を受けている最中や」と返信すると、「俺、すごく暇やから、時間給が安かっても我慢する。お前と一緒にバイトするわ！」と返ってきた。

こいつ、また勝手なことを。「お前な、この前のバイトすぐ辞めたくせに。つーか、今行っているところは、人員募集してない」

それから、返事はなかった。

増井君にオンライン授業を受けても眠くならない方法、彼ならどうしているのかを聞いておくべきだった。多分、聞いても僕には当てはまらないだろうけど。その原因は僕の能力と性格にある事は知っている。だから、やはり無駄かも。

先日の家の事情を話している時の増井君の顔を思い出した。

増井君も苦労しているな。中学の時に増井君が住むマンションを見た時は、豪華な外観で驚き、僕が住む公団とメッチャ違うのに引いてしまったけど、人生、何が起こるか分からない。ポツポツ話す増井君の言葉、「すごく自分が不幸に思えて自暴自棄になりかけていたんだ。だけど、今日は坂口香澄も生きるのがしんどかったって知ったら、不幸なのは自分だけじゃないと思った。もう少し頑張らないと」

もしかして、坂口香澄の死が増井君の活力、原動力に……？　不幸の比較とは言わないけど、坂口香澄の不幸で少し生気を取り戻している？

あかん、あかん！　こんなことを考えたら増井君に悪い。自分も、無意識のうちに増井君よりましと思ったくせに。

作業終了の時間になり、担当のおっさんに挨拶をして倉庫から外に出ると、やっぱり、勇斗が待っていた。

「お前、何で来たんや？　バイトの求人はしてない言うたやろ」

「おお、分かってる。そやけど、暇でしょうが無いからお前の顔を見に来た」

「お前なあ、僕しか友達はおらんのか？　女の子の友達がいっぱいおるやろ!?　お前の周りはいつも女だらけやんけ！」

「おお。そうやけど、こんな時に女の子と遊んでいたら、香澄ちゃんがまた夢に出てきそうで……、暫くはお前としか会わへんことにした」

「ええ、僕とだけ？　何でそうなるねん？　香澄ちゃんが夢に出てきてもええやんけ。夢の中で香澄ちゃんと遊べや」

「それは……」

多分、それは、の後に怖いと続くはずやろう。仕方ない、自販機の缶コーヒーでも飲ましたろか。

ショッピングモール前のベンチに座り二人で甘いコーヒーを飲んだ。帰りは勇斗の車で家に横付けで楽ができる。

「お前、何で外ばっかり見てんねん？」と、勇斗が言った。

いくらマスクをしていても密な空間で、勇斗の家にはつい最近までコロナ陽性の次兄がいたのだ。そんなヤツと接している。ささやかな抵抗で顔を背けていた。

「車の中は密やんけ」

「俺はコロナと違う言うてるやろ！　ＰＣＲ検査で陰性やった！」

ちょっと、勇斗は気分を害したようだ。黙ってしまった。バックミラーに写る顔はやはり美形だ。そやのに、何でこんなアホやねんやろ？

朝、祖母ちゃんが「いい加減に起きなさい」と、起こしにきた。時計を見たら九時を回っていた。だけど、今日は土曜日でオンライン授業の無い日だからと、もう一度寝ようとしたら布団を剥がされた。ママは土曜日で弁当屋は休みだが、スーパーの方が今日は朝からのシフトだともう出かけていた。

「昨日のおはぎを朝ご飯に食べなさい」と、昨夜、夜食に食べろと言われたおはぎに欲しくないと手を付けなかったら、それが出された。朝からおはぎは食いたくない。

「祖母ちゃんが食べたら。僕はパンでいいから」

祖母ちゃんはせっかく買ってきたのにと、ぐだぐだと文句を言っている。

ああ、普通の日常が始まっていると感じた。

勇斗に、昨日は家まで送ってくれてＴｈａｎｋ　Ｙｏｕ！　とラインを送ったけど返事がない。怒っているのだ。勇斗の家族にコロナ感染者がいたから差別をしたわけじゃない。いや、ちょっとしたけど、でも嫌っているわけじゃない。今は、密を避けなければならない。これは、社会のルールなのだ。勇斗は分かってない。

僕はまた、曾祖父さんの文章を読みたくなった。

バラバラの罫線用紙を繰ってみた。

背骨の浮き出た野良猫が歩いていた。この猫を見た途端、風寧での仲間や自分が思い出された。野良猫はまだいい。自由に動けるだけましだ。

風寧では生きるに十分な食べる物がない、薬もない、着る物もない。総てその日その日を生き抜く為の必要な物は野良犬や捨て猫の様に自らで捜してこいというのか。而し周囲を有刺鉄線で覆われた狭い場所で銃を持ったソ連兵の監視の下で何が出来るというのか。

不潔と栄養失調により一旦虱を湧かし発疹チフスに罹れば此れを防ぐ体力もなく死に繋がり、最後は汚物の様に焼き捨てられ、其の灰は異国の土となる。此の事実に対し当時の我が国の指導者は権力が地に落ちたとは云え、何を考えていたのであろうか。

又、此れ等に関係のない国内にいた国民達は自己保身のため、手の平を返した様に戦勝国に迎合、侵略戦争の犠牲になった同胞の苦しみに対し他人事の様に思う利己主義的な現れが特に都市部に於いて顕著であった様に思う。今、恵まれた民主国家として世界から羨望の我が国は此の過去の出来事を再び繰り返さない保証が何処にもない。

次の罫線用紙。

冬のシベリアの大地は凍てついていた。あの寒さは私が過ごしたことのある大阪や東京では経験しない寒さだ。冬季は常にマイナス三十度を超えていた。屋外での伐採作業に就く者は何人も凍死した。私は炭鉱の仕事に従事しており凍死は免れたが、炭鉱だとしても、黒パンに薄いスープのみの毎日の食事で、栄養失調で死んでいく者は後を絶たなかった。

外での作業中に誤って何等かの拍子に水を被り、其の儘の姿で凍死した人を見た。まだ若い人なのに何とも惨（むご）く悲しい姿だ。傍にいた者も助けようが無かった。

マイナス四十度を超えた休息日には捕虜達が集まり、本国にいつになれば帰れるのかの話題ばかりだった。中には自分達の運命はどうなるのか狐狸（こっくり）さんに問うてみると心霊現象のようなもので占っていた者もいた。近々に戻れると回答がでた者は喜び顔がほころんでいたが、残念なことに、その者は作業中に凍死した。同じく占いで帰国と喜んでいた者は寡黙になり、余計に意気消沈していた。私自身もいつ帰れるのか見当が付かなく気が滅入るばかりであった。

作業に向かう途中、空からキラキラとした粉が舞い落ちてくる。それは日に照らされ美しく輝いていた。あれは一体、何だったのだろう？　あの大地では何度も見たが、日本では見たことがない。

——空からキラキラとした粉？　それはきっとダイヤモンドダストやろ。日本でも時に北海道とかでは見られる気象現象やけど曾祖父さんは知らんかったんやな。

ダイヤモンドダストの世界、マイナス三十度、体感の想像が出来ない。高校二年の修学旅行で信州へスキーに行った時、ゲレンデで見た温度計は確かマイナス十五度だった。それでも僕はすごく寒くて早く終了になって欲しかった。スキーの出来る子は楽しそうだったけど、僕は初めてで、上手い奴からからかわれて全然面白くなく早く終わればいいと思っていた。だけど、いくら嫌だったとはいっても僕たちは修学旅行、曾お祖父ちゃん達はマイナス三十度の世界で作業。全然、違う。

もし、世界がひっくり返って地球上のルールや秩序が乱れて日本が戦争に巻き込まれたとして、僕がシベリアに抑留されマイナス三十度の中で作業させられたら？　それもいつまで続くのか終わりが見えない中で、堪えられるかな？　肉体よりも先に精神が壊れてしまうと思う。戦争に負けたから仕方ない、で、そんな理不尽を受け入れられない。怖い！　戦争に負けると怖い！

また、違う罫線用紙には、書いている当時の現在が書かれていた。

今朝、加恵と小夜子から北海道旅行に行かないかとの誘いがあった。小夜子の家族と加恵に私達夫婦でこの良い季節に飛行機に乗って行こうと。

だが、どうしても行く気にならない。北海道はシベリアを思い出す。二度と足を踏み入れたくない大地に似ている。白樺の木の冊子を目にした途端、収容所が頭を掠め、また、スキー客を勧誘しているのだろうパウダースノーとか雪の質が違うだのとうたっている広告を目にすると、シベリアの大地が頭を過ぎり、そして、死んでいった人達の顔が浮かび上がる。

私はいくら誘われても行く気がしない。留守番をするから皆で行ってこいと金だけ用意することにした。

また、違う罫線用紙。

憲友会の名簿で私の所在が分かったと、山口君から連絡があった。この人は私に是非に会いたい故、貴宅に伺ってもいいかと言ってきた。憲友会には一度も参加していない。だが、会いたいと言ってくれるなら会おうと日時を約束した。

妻は不服そうだ、あの人に何故会うのかと。敗戦直後の憲兵隊での混乱時に何を勘違いしたのか、亡命する溥儀の護衛の為、急いでいる私に銃を向け、貴様は逃げ帰るつもりか、と激怒した。その時は官舎で妻に娘の忍を頼むと言い残し任務に戻る際であったから妻の目前であった。妻は戦争が終わったのに、こんな形で殺されては堪らないと思ったらしく、私の前に立ちはだかろうとした。だが、何を寝ぼけたことをと、私は山口君の握る銃をむしり取った。彼は怒りにふるえていた。ソ連の作業大隊編制の捕虜になるのは誰しも嫌なのに、私がそれから逃げると思ったようだ。彼は、妻を残し私が任務へと立ち去るのを歯ぎしりしながら見送っていたと後に聞いた。

あれから四十年が経っている。私は彼のことは忘れていた。一度も思い出したことはなかった。なのに、彼は私に会わなければならないと言ってきた。それを聞いて、多分あの時の事だろうと予想はついた。

山口君が家の玄関に立った時は驚いた。身形（みなり）が何と言っていいのか、浮浪者に近かった。白髪交じりで髪は伸び、薄汚れたズボンの膝は破れていた。それでも、手土産を持ってきていた。

家に上げると、廊下で頭を床に着け土下座をした。なにをする、と制し、椅子に座らせたが頭は項垂れたままであった。止めてくれ、と思った。

やはり、あの時、私に銃を突きつけたことを謝っている。話を聞いてみると、私には逃げるつもりかと激怒したにも拘わらず、その後自分が逃げ帰ったと。そして、私が任務に急いでいたと帰還後に知ったらしい。次いで、ソ連へ抑留された旨も後ほど聞いたらしい。それ以来、そのことが重くのしかかり、いつか謝らなくてはならないと思っていたが、なかなか足が向かず気分の重い日々だった。だが、ようやく決心がつき謝ることができたと言っていた。

私は改めて思いが過ぎった。私は一度も思い出すことがなかったのに、この人は、山口君は忘れられない痛みとなっていたようだ。だから私は、もう忘れて下さい、と心から言った。

この日、小夜子が孫の健介を連れて遊びにきたので、山口君の持ってきた手土産を食べるように言ったら、これ、百円ケーキやない。こんなのを手土産にするなんて信じられない。と、この手土産をバカにした。私は、そんなことを言うなと、山口君の精一杯の気持ちを気の毒に思い、その日の山口君の話をした。その人は精一杯の償いでこれを持ってきたと言ったら、小夜子は事もあろうに、ボロボロの身形は許しを乞うため、また百円ケーキはお金をケチったからと薄ら笑いをした。なんという奴だ。

自分の子供であるが嫌になった。

――祖母ちゃん……。軽薄すぎる。曾祖父さんの顔色を見て話さないと。

また、違う罫線用紙。

帰還して十年が経った頃、やっと時間の余裕が出来た。
念願だった靖国神社に参拝した。英霊として眠っている戦友達は何人に上るのだろう。戦場での死ならまだしも、あの国で、あんな処で、気の毒な死に方をした戦友や名も知らない人も含めたら数え切れない。シベリア収容所での戦友達の無念の死を思うと私一人生き残った申し訳なさで良心が痛む。今後、この私にあらん限りの苦労を与えてくれ。英霊の前で私は苦労を乞うた。
しかし、近年あまりの我が国の平穏な日々に、あの時、あの屈辱な時を、身をもって体験した私は何に対し憎悪していいのか分からなくなってもいた。

――この何枚もある罫線用紙は、思いついた時点で走り書きをし、書いた時期や書こうとした時がバラバラで日付も書かれていない。曾祖父さんは、その時の気持ちの赴くままに綴ったようだ。
だから、逢ったことのない曾祖父さんが、若くなったり年老いたりしている。

また、違う罫線用紙。

帰還船が舞鶴港に着いた時、雪が降っていた。何と、こんなに温かいのに雪が降っている。それも大きなふんわりとした雪だ。シベリアの大地ではこんな雪は降らない。やっと、足を日本の地に着けたが誰も迎えの者はおらず。一人大阪の家に向かう途中、浮浪児を何人も見た。駅の片隅で屯(たむろ)している子供達。後に、駅の子と呼ばれる戦災孤児と知った。可哀想に親たちは戦地で、空襲で、死んでいったのであろう。子供を残して死んでいく親も心残りで辛かったろうが、この子供達はこれから如何にして生きていけば良いのか、この先を考えると不憫でならない。何とかしてやりたくとも自分もこの先、困難しか待ち受けていない状態だった。

また、違う罫線用紙。

当時平壌駅周辺には廃線と同時に満州より南下してきた人達が次の列車を待ち露営していた。人が溢れ、又一般在住の日本人の中でも色々不安な噂が流れ人々は動揺しており、そのような状況下に於いて憲兵隊だけの家族が特別に鉄道客車にて引き揚げることは出来ず隊長の要望で中止となったが、私は此れで良かったと思った。若し此の時、憲兵隊の家族が先に内地へ引き揚げておれば忍も無事連れ帰り、多少の財産も失わずにいたかも知れないとの気持ちが無くもなかった。だが、私の心の中には何時までも自らの特権を利用したという後ろめたさが消えないであろう。他の困っている人々を差し置いての行為は必ず誰か他の人より指摘され自分自身も死ぬまで心の負担を背負い続けなければならない。

また、違う罫線用紙

この文章は途中からのようだ。これより前に書かれた用紙がない。

而し、私は何か割り切れない処があった。だが当時は多忙な日々に其れを詮索する余裕がなかった。

後に知った事実は、関東軍司令官の家族が内地引き揚げの為、平壌憲兵隊に立ち寄り、松井君が住んでいた山手の元官舎に何名泊まったのか顔や姿を見る事もなく一泊の後、煙の様に立ち去って行った。当時、私達憲兵隊の家族の引き揚げを中止させた隊長が幾ら同兵科の将官の家族でも己の地位で沿線の各隊下に便宜供与を依頼し特別扱いさせた事は如何に思ったであろう。又、此の事は終戦直後の混乱中の出来事で隊内でも一部の者しか知らず暗から暗への権力を笠に着ての醜い出来事であったが、現在ならば私も此の事の非可を糾していたかもしれない。

だが、過ぎ去った事だ。もういい。

——過ぎ去った事で、もういいと許している？　隊長を……？

曾祖父さんと隊長との間に何があった？

日曜日の朝早くといっても八時を回っていたが、加恵おばあちゃんの迷惑な大きい声が階下から聞こえてくる。

昨晩、曾祖父さんの文章に書かれている旧漢字や知らない地名を夜中の三時まで格闘しながら読んでいたので、十時までは寝るつもりだった。なのに、加恵おばあちゃんの声は心地よい睡眠を打ち破ってくる。

　机のレポート用紙には僕の字がミミズのような字で書かれていた。自分で書いたのに読めない。昨夜は、旧文字の意味を調べるだけでも一苦労で、一旦、一時に寝ようと思ったが、頭をこき使ったせいか変なところで冴えて寝付けなかった。だから、もう一度トライしようと曾祖父さんの文章に向かったが、今度は頭が疲れて、もう文章を読むのも嫌になって気がつけば意味も何も理解せず検索結果だけメモっていたのだ。

「おはよう。加恵おばあちゃんは朝早くから元気やな！」嫌味を言ってやった。

「ええ、私は元気やよ。まだまだ人生これからや。コロナが終息したら行きたい所が数え切れへんくらいあるし、お友達とも会ってお食事や色々なお話を楽しまんと！」

「かけ放題の携帯で会話を楽しんでいるのと違うの？」

「何、言っているの。電話は複数の人とは話されへんわよ」

「そんなら、グループラインでトークしたらええやんか！」

　加恵おばあちゃんと僕の会話に祖母ちゃんが割り込んできた。

「ラインは嫌なんよ。文字を打たんとあかんから。それにグループやと返そうと思っているうちに誰かからまた違う話が始まったりするから焦るしね」

　文字を打たんとあかんて、当たり前やん。それに、「グループラインのトークの電話や」と言っても祖母ちゃん達はポカンとした顔をしている。これ以上の説明は面倒だから、この話はここまでに。ストップした。

「ま、ゆっくり楽しんで。それはそうと、加恵おばあちゃんに聞きたいことがあるねん。顔洗ってくるから待っていて」

僕が顔を洗って食卓に着くのを加恵おばあちゃんは待ってくれ、持ってきた草団子を食べろと言う。

「無理、朝から団子なんか食われへんて！　パンでいいよ。加恵おばあちゃんと祖母ちゃんが食べれば」

僕がトースターで食パンを焼いてインスタントコーヒーを作っているあいだ、祖母ちゃん達はお茶を淹れて草団子を食べ始めた。今日も祖母ちゃん達は元気だ。

「それで、何やの？　私に聞きたいことって？」

「うん、曾祖父さんの書いた物やけど、加恵おばあちゃんは何か知っているかなと思って」

僕は、終戦直後の曾祖父さんの行動がよく解らない。憲兵隊の家族が鉄道で引き揚げようとするが中止になった。その中止になった経緯がよく判らない。隊長が拘わっていたというのは判る。だけど、鉄道は動いたようだ。その後、曾祖父さんは怒っている？

もしかして、筋書きがあって曾祖父さんは何かに利用されたのかな？　加恵おばあちゃんはこの件に関して何か聞いている？　と言うような内容で話した。

加恵おばあちゃんは団子をかじりながら何度も頷いていた。

暫く経って、「私もそこのところは読んだわ。それで、山口県での憲友会から父が戻ってきてすぐに、あんたの曾お祖母さんに話していたのを思い出したわ。事実は……」と目を細めた。そして、加恵おばあちゃんは語り始めた。その話は時間を遡ること半世紀近く前のこと。


憲友会が山口県の湯田温泉で開催されると知ったおり、曾祖父さんは、信頼を寄せていた隊長だった吉房という人が当然参加するものと思い、逢える事を楽しみに行ったらしい。出発の前日までそのことをしきりに曾お祖母ちゃんに話していたから。

しかし、帰ってきた時には吉房氏に関しての話になると全く違った表情をしていた。吉房氏は憲友会に来ていなかった。今までの会にも姿を見せなかったので、もしかして身体の具合が悪いのかと曾祖父さんは案じた。幹事の者に聞いても理由は判らないとのことだった。だが、名簿に載っている住まいはこの湯田温泉のすぐ近くだったので会いに行こうと思いたった。

それで、戦友の松井さんにその旨を話すと、それならばここから近いので他の戦友達には宿で待ってもらい自分の車で一緒に行こうと言ってくれた。

松井さんと駒井さんは熊本から車で来ていて憲友会が終わった後、曾祖父さんを含む数人の戦友達と山口県を観光する予定にしていた。だから都合よく足ができた。

曾祖父さんは、隊長宅に先に連絡をしたほうがいいのではないかと言えば、松井さんは長居はせぬので必要はないと言い、何故だか判らないが松井さんの顔の表情は強張っていた。

「ごめん！」と松井さんが門扉の前に立ち大声を張り上げた。すると、玄関の引き戸が開き、吉房氏本人が現れた。年は取っていたがどこも身体の悪いところは見受けられず元気そうだった。

しかし、吉房氏は松井さんと曾祖父さんの顔を見た途端、一瞬、顔色が変わったように見えた。だが、すぐに平常の態度に戻り挨拶もせぬうちに、「あの時は憲兵隊の家族だけ特別扱いは出来なかった。民間人をほってはおけなかったから仕方なかった」と言われた。

曾祖父さんが吉房氏もお元気で何よりと懐かしんで話している間、松井さんはそっぽを向き、ムスッとした顔付きをして一言も話さない。吉房氏が「今、家の者は誰も居らず、もてなしが出来ぬので」と言い訳をし、これで帰ってくれと言わぬばかりに腰を二つ折りにし、頭を下げられた。その間、松井さんは背を向けていた。ぎこちない空気が流れ、何か訳の分からぬまま曾祖父さんは暇(いとま)を告げた。

帰りの車の中でも松井さんは怒ったままで、どうしたのかと問うと、自分の知っていることを今から話すと言われた。

あの敗戦直後に曾祖父さんに下した任務の一つ、憲兵隊の家族を帰国させるに当たり鉄道客車を一度だけ走らせるよう交渉に当たらせたこと。しかし、その客車には憲兵隊の家族は誰一人乗車していなかった。その理由は、民間人の婦女子を先に帰国させる為に乗車をさせたからだと。それは、曾祖父さんは交渉の翌日に何等かの報告と一緒に聞いて知っていた。曾祖父さんは、民間人の婦女子を優先、それならば仕方ないと思っていた。

だが、実際には民間人は誰一人乗ってはいなかった。乗っていたのは関東軍司令官とその家族。そして、吉房氏と吉房氏の家族だけであった。だから、誰よりもいち早く本国に戻ってきていた。

憲友会に来ている何人かの戦友達もそのことを知っていた。ある戦友は誰かから聞き伝わった吉房氏の言い訳に、「あの吉房は言い訳ともつかない言い訳をしていた」とひどく怒っていた。

戦友達が聞いた噂では、敗戦の後すぐ、客車の運転手に誰を交渉に当たらせればいいかと話した相手から漏れ伝わったとのこと。その相手は誰かはっきりせずじまいだが、その時、吉房氏は言っていたらしい。客車の運転手に便宜を計らい日頃から気軽に語り合っていた曾祖父さん以外に交渉に当たれる者はいないと。なぜなら、他の者は憲兵の職務を特権とし威張っていたから、戦争が終わった時点で客車の運転手は言うことを聞かないだろうと。

吉房氏は知っていたのだ。曾祖父さんが週に一度、七日間の執務日誌を定期便に載せるため鎮南浦まで鉄道で行くおりに客車の運転手と友好的に語り合っていたのを。

そして、交渉成立の後、関東軍司令官から自分達を乗車させよとの依頼があり断れなかったのだと。それで、吉房氏自身も乗車して最短で帰国した。

関東軍から命令があったのは交渉成立の前か後か、それはそこにいた誰も知らない。吉房氏の言い訳の一部で変えられたのか。人を騙し利用するそのやり方が汚い。と、松井さんは関東軍司令官の幹部にも怒っていた。

そして、吉房氏の言い訳ともつかない言い訳とは、「自分達は昨日まで地位のある立場だ。よって戦争責任を問われる。しかし、民間人や階級の低い者は絶対的にやられる事はない」なんて、虫のいいことを言っていたらしい。だから、苦難を部下達に押しつけて、真っ先に逃げたのだ。

真相を知らなかった曾祖父さん以外の戦友達は口々に言った、吉房、あんたの責任はどうなっている、と憤怒して。この松井さんは敗戦当時、負傷していて引き揚げの名簿に入っていた。もし、負傷していなければ曾祖父さん同様シベリアに抑留されていたとのことだ。もう一人の山中さんも敗戦前に長崎に異動になりシベリア抑留は免れた。

松井さんが怒っているあと一つは、愛新覚羅溥儀の亡命の護衛に曾祖父さんを当たらせたこと。敗戦後、戦争は終わっているのに自分だけ逃げて部下には任務を押しつけたということだ。松井さんは、曾祖父さんが奉天郊外の空港でソ連兵に身柄を拘束されたと聞き、ああ……シベリア抑留間違いなしだと思った。そして、曾祖父さんはもう我が国の地を踏むことは叶わず、と無念に思ってくれたとのことだ。

だがあの時、平壌ではその場にいた男性が作業大隊の捕虜として集められているのに、曾祖父さんは溥儀の護衛に当たらずとも、民間人の若い人も加わっている中、自分だけ本国に戻るわけにはいかない。どっちみち自分は捕虜として抑留されていただろうと言っていたらしい。

その日の宿での会話は吉房氏への怒りばかりだったらしい。

――結局、吉房氏の狡い密計を知らなかったのは曾祖父さんだけだったのか。この日まで疑わず信頼を寄せていたなんて！　なんだかなあ。呆れるなあ。

だが、吉房氏も戦争に負ける前はいい上官だったようだ。曾祖父さんが信頼を寄せていたのだから。

だけど、日本が負けた途端卑怯な奴に変貌した。敗戦という亀裂が状況を一変させ、吉房氏をそうさせたのか？　いや、曾祖父さんは吉房氏のせいで苦労なんて言葉で表せない最悪の時間をおわされた。それに、曾お祖母ちゃんも死んだ忍ちゃんも交渉の理由に利用されている。やはり汚くて狡い人格、それが吉房って人の人間性なのだ。

吉房氏は、あの当時に関わり合った人とは誰とも会わず何もなかったかのように生きている。曾祖父さんが逢いに行った時も、顔を見て少しは驚いたようだがそのまま済ませてしまった。嘘を吐きとおしている。逃げることしかできない人なのだ。謝ることも出来ず、事実に背き、後ろめたさを口に出さずに生きている。敗戦後は後ろ向きの人生やな。今の時代ならＳＮＳでその人の汚い行為を誰かが広めるかもな。

「本当に狡い！」と、加恵おばあちゃんは怒っている。「あんな人、死んで地獄に堕ちろ！」とも言った。

もう、生きていないよ。生きていたら怖い。

だけど曾祖父さん、あんな不条理を味わわされたのに、もういい、と許している。それに前の罫線用紙に書いてあった山口って人も許している。命に関わった問題なのに。数十年経ったからと許せるかな？　ただの友達の喧嘩や親子喧嘩じゃないのに。

時間、時の経過かな……？　時間が経てば許せるものかなあ？

僕がちらっとこのことを話すと、加恵おばあちゃんは言った、「お父さんは自分もだけど家族みんなが生きていくために働かなきゃならなかったからね。そのうち時間が経って、世の中や自分の環境も変わって恨みも薄れていったのじゃない。もし、帰還当時に隊長の密計を知ったとしても、恨みに使う時間はなかったわよ」と。

フッー、そんな人生……。何と言っていいのか分からない。

それに引き換え、あいつ、勇斗のヤツはまだ僕に怒っている。アホやからすぐ忘れると思っていたら今回はしつこく怒っている。些細なことで人を許す寛容性がないヤツだ。


また違う罫線用紙。

一郎が大学最後の夏休みだからと海外旅行で欧州に行ってきた。外国語もろくに話せないくせに意気揚々とあの国では、などと話している。私に土産にと定期入れを購入してきた。財布を買いたかったが金が足りず定期入れになったとか。馬鹿な息子だ。この私に定期入れとは、自営で通勤はなく移動はライトバンなのに何を考えているのか。私には必要が無いからお前が使えと言ってやると喜んでいた。その上、外国に行ったことがあるのは、この家では両親と自分だけだ、などと言っている。私とお前との外国は大きな違いがある。

親父は中華人民共和国と大韓民国に朝鮮民主主義人民共和国、それに台湾にも行ったよな。お袋は朝鮮民主主義人民共和国と大韓民国だけだが。と暢気に言っていた。私は話す気にもならず黙ってしまった。だが加恵も、お父さんはシベリアにも行ったからソ連もプラスせんと。と追い打ちをかける。私の子供達は脳天気だ。しかし、平穏である。


――うわー、加恵おばあちゃん、一郎大叔父も何にも考えてない！　戦争や捕虜で連行されたのと遊びに海外へ行ったのと一緒にして。天地の差があるのに。曾お祖母ちゃんも何で怒らなかったのだろう？　北朝鮮から韓国への三十八度線を越えて引き揚げてきた苦労、それも子供を亡くしているのに。このことについて絶対に言ってやる。加恵おばあちゃんは、アホか！

僕はここにきて自分自身の変化を感じた。曾祖父さんの手記をネットで調べながら読んで太平洋戦争が及ぼした影響の知識がすごく増えていると自分で驚いている。

この事を誰かに話したいけど……、誰に話す？　まず顔が浮かんだのは勇斗だ。けど、あいつに話してもなあ……？　反応を想像した。止めとこう。あいつには興味の持てない話に違いない。そもそも自分の血縁でない他人の先祖の話に誰もが興味を持つわけではない。それに、今はあいつとは連絡が途絶えているし。

　勇斗との空気が悪くなってから一ヶ月が経った頃、突然、中学から高校と一緒の同級生、河井桜から電話がかかってきた。

「久し振り、元気やった？　河井桜やけど」

「えっ？　河井桜……？　何で河井桜が僕に電話してきたの？　それより、何で僕の番号が分かったの？」僕は驚いた。

　高校の時からは番号が変わっているのに、疑問しか思い浮かばない。

「うーん、ちょっと、知らせたいことがあったから、松本から聞いた」

　松本は、僕や勇斗と中学の時の遊び仲間だ。高校は男子校に行ったのに河井桜とも交流があったなんて知らなかった。

　話を聞いてみると、勇斗がらみだった。一週間ほど前、河井桜は専門学校の友達と難波の繁華街をぶらついている時、松本と勇斗にばったり逢ったらしい。だが、カフェや喫茶店は緊急事態中で閉まっていたので立ち話だけで別れたが、その時、松本とライン交換をした。その後、友達がどうしてもまた勇斗と逢いたいと言いだしたので連絡すると、勇斗は今コロナに感染して自宅で隔離生活をしているとのことだった。

「ナニ？　勇斗がコロナ？」

勇斗がコロナに罹っていると聞いて驚いた。だがやっぱり、と思うふしもあった。

「あんたは勇斗と仲が良かったから、教えてあげたんよ」と河井桜は言う。そして、緊急事態宣言も終わったし、勇斗が治癒すれば自分の友達と四人で逢わないか、と誘ってくる。だから言ってやった。

「勇斗は彼女が死んで辛いのに、他の女の子とは遊ばんわ！」

「ああ、そのことやったら知ってるで！　元カノの坂口香澄やろ！　そやけど、あの子とはだいぶ前に別れてたやん。別れた後で勝手に自殺したのに勇斗が気にする必要なくない。あんたから勇斗を誘ってや」

「そんなことできるか。悪いけど切るよ」とはねつけてやった。

その後、また同じ番号で携帯が鳴り始めたので電源をＯＦＦにしてやった。

河井桜が嫌になってきた。松本も同じ気持ちだったのだろう。坂口香澄と同級生だったのに同情どころか何の感情の欠片もない。こいつの感性、嫌いだ。ムカつく。

それより、勇斗は大丈夫かな？

勇斗にまず、ラインで状況を聞いてみた。だが、不在着信になる。

いつまで経っても不在のままだ。まだ怒っている可能性もあるけど、もしかして、なにか持病があったりして重症化……？

あいつアホやから持病に気付いていなかったりして。

ネットで調べてみた。若い人でも呼吸器系、喘息とか持病を持っている人は重症化しやすいと書かれていた。でも、あいつ喘息の症状はなかったしな……。

電話をしても繋がらない。だから、松本にかけてみた。

「よう、久し振りやんけ！」と、松本はいつもの調子だ。

「お前、勇斗がコロナに罹っているの、知ってる？」

「ああ、俺も罹ってる、つーか俺が勇斗に移したのかも」

「お前もコロナなんか？」

松本が言うには、退屈で時間を持て余している奴らが集まってカラオケに行ったそうだ。

ええー？　勇斗は歌が下手くそでカラオケが嫌いなはずやのに。

アホと音痴、この二つが勇斗の欠点だった。だが、アホは知り合い皆の認識済み、アホ扱いされても気にならないみたいだった。でも、歌は唯一の弱みになっていた。カッコ悪いと。それなのに、退屈すぎて行ったのか。

「あいつに電話をしても繋がらないし、ラインも不在着信のままやし。もしかして、あいつ重症化しているのかな？」

「ええ……？　充電を忘れているだけとちがうか。先月、俺が無味無臭でＰＣＲ検査を受けたらコロナやと分かって、保健所に濃厚接触者を聞かれたから勇斗の名前をあげたらすぐに連絡がいったらしい。それで、あいつもPCR検査で感染が分かったんや。そういうわけで一応謝罪の電話をしたら、隔離期間中はマンガを読む言うとったで。兄貴が隔離期間中に読んでたマンガがあるそうや。今はそれに夢中になってるのと違うか」

そうかもしれない。それならいいけど。だけど一応、家の固定電話にかけてみた。

小母さんが出て、「うちは魚屋なのに、本当に馬鹿息子が二人もいて困ったもんやわ。勇斗のせいで私達家族もまた検査をしたわよ」と嘆いていた。

「小母さんもうつったの？」と聞いたら、「いえいえ、私と主人、それに長男も陰性だったの。勇斗は家ではあまり喋らないし、食事も殆ど一緒に食べないからかしら？」なんてことも言っていた。

暫くしたら、勇斗から電話がかかってきた。

「コロナになってしもた。甘く見てたな。どこにも行かれへんわ。おかんが見張っとるし」なんて、まだ甘えたことを言っている。

大丈夫なのかと聞いたら、身体は元気でコロナの症状は全く無いとのことだった。

だが、夢に香澄ちゃんが何回も出てきて、ちょっと不気味だと気弱な声で言った。

坂口香澄が……夢に？

それは、多分、勇斗が彼女の自殺を気にしすぎているせいやろう。

「ちょうどええやんけ。今はどこにも行かれへんから、夢の中で坂口香澄と遊んどけや。ええか、絶対に外には行くな。家でじっとしとけ。治ったら遊んだるから」と念押しをして電話を切った。

切った後、死んだ坂口香澄を軽く扱ったことに少し罪悪感をもった。それに、夢に出てくるのも、あまり気持ちのいいものではない。それも一度ならず、二度三度！勇斗の立場になれば困惑するかも。

もしかしてだけど、夢に坂口香澄が出てきたのは勇斗が他の女の子と逢うのが嫌でガードしている？

そう言えば、坂口香澄は独占欲が強くてやりにくい……と聞いた事がある。執着と独占が消えず成仏出来ない……？

これを勇斗に話したらよけい困惑するかもな。可哀想だから言うのは止めておこう。

僕の夢には曾祖父さんが出てきて、暇なこの時期にお前と同じ年齢だった頃の先祖の経験を識っておけ、と言われているみたいだし、夢って、誰かが？　何かが？　意図的に仕向けている……？　そんな事もある……？　…………？？

いやいや、それはない――。祖母ちゃんの影響？　が強くなってきた。今後の僕の人間性に差し障りがあってはいけない。気を付けねば。

僕はコロナ禍であっても平穏無事と言っていいのか分からないけど、それなりだ。オンライン授業を受けて、夕方からバイトに出かけての繰り返しで一日一日が過ぎていく。ただ、次の授業料のことが頭から離れない。食費はママの稼ぎと祖母ちゃんの年金で何とか遣り繰り出来ているが、高い授業料がネックになる。それに、増井君のように頭が良ければ奨学金も返さなくていいのだが、僕の場合は何とか卒業しても奨学金の返済に追われそうだ。嫌になるな。僕の一生はお金の計算、それもちびちびとした金額で借金からのがれられない。

今日、バイト代が振り込まれたので残高照会を携帯で見た。分かってはいたのだけど、僅かだ——。本当に嫌になる。残高照会を見る度に憂鬱が増してくる。何か金の入ってくる話はないか——？

おお、そうだ！　この家と加恵おばあちゃんの不動産がある。忘れていた。祖母ちゃん達が死んだら、取り敢えず奨学金をそれで返済しよう。様子を見て遺言書を書いて貰わなければ。そう考えたら、少し気分が楽になった。

僕の精神安定剤は祖母ちゃん達の遺産……!?

ああ、だけど今使える金がほしいなあ。勇斗はいつもオシャレな服を着ているのに僕はここ一年、新しい服は買っていない。祖母ちゃんは洗濯のしてある清潔な服ならいいみたいに言うけど、僕だって、それなりにこだわりはある。買いたいシャツがあるけど、金の計算をすれば買えない。それなのに、ママはつい最近、新しい服を買っていたな。腹やら腰の肉を隠すためか丈の長めのカーディガンだ。そう言えば、祖母ちゃんもコロナが終息すれば友達とランチに行くとかで、近所の服屋でスカートを買っていた。祖母ちゃん達年寄りが自由に動けるようになるのはいつになるか、どの季節になるかも分からないのに早まったな。金がもったいない。


勇斗がコロナ感染者と聞いてから一週間が過ぎた頃、電話がかかってきた。

「よお、元気か？」

「おお、変わりなしや！」という挨拶をした。

「お前、隔離期間が終わったのか？」と聞くと、「おう、やっと終わった」と清々した声で返事が返ってきた。

しかし、緊急事態宣言がまた開始された。感染者が減らないのだ。僕はちょうど良かったと思った。遊びに誘われても金がないから。

「外で遊ばれへんから暇でしょうがない。そやから、お前の家にマンガ持って行ったるわ。このマンガ、面白かったぞ。お前も読めや！」と、勇斗が隔離期間中に読み終わったマンガを貸してくれると言ってきた。このマンガは長兄が買いそろえたもので次兄が隔離期間中に読み、次に勇斗が読み終わったものらしい。

その日は僕のバイトが休みだった。僕は、休みは要らないとバイト先のおっさんに言ったが、「一週間に一度は休め、これはルールや！」と言われた。だからか、仕方なくか今晩からゆっくりマンガが読める。

勇斗はマンガを車で運んできてくれた。

僕の部屋は狭すぎるので勇斗をダイニングのテーブルに座らせた。祖母ちゃんが僕たちのために紅茶を用意してくれている。その祖母ちゃんに聞こえないように、勇斗がまた坂口香澄の墓に行こうと小声で言い出した。

「なあ、また香澄ちゃんの墓について行ってくれ。昨日も夢に出てきて泣いてた」

「ええー、またか？　また夢に出てきたんか？」

ここのところ、坂口香澄が毎日のように勇斗の夢に出没しているらしい。

この話、祖母ちゃんには聞こえていないと思っていたけど、しっかり聞いていた。聞こえていても黙っていてくれたらいいのに、祖母ちゃんは深刻な顔で、「勇斗君、そんなにしょっちゅう香澄ちゃんが出てくるのだったら、何か勇斗君に言いたい事があるのと違う？」と、夢の内容がさも何か意図されたものがあるというふうに言った。

「ええ……？　言いたい事って……？」と、勇斗は驚きに恐怖の混じった顔になった。

もう、祖母ちゃんは！　いい加減なこと言うなよ。祖母ちゃんを止めないと。

「祖母ちゃんはええから！　僕たちの話に入ってこんといて！」と言ったけど、勇斗は切実に祖母ちゃんの次の言葉を待っていた。

「故人が言い残して死んでしまった場合、気掛かりな事があったら成仏できないのよ。あなたに聞いて欲しい事がある。言いたいことがある。なんて夢に出てきて訴えるのよ」

こんな勇斗の顔は見たことがない、と言うほどの真剣な顔になった。

また祖母ちゃんが何か言いかけたので、――もう、止め！　ストップ！――　と大声で制した。

僕は勇斗に向かって、「お前な、遊びに行かれへんからゲームするかゴロゴロ寝てるだけやろ？　そやから変な睡眠の取り方になって夢を見るんや。おまけに坂口香澄のことを気にしすぎるから夢に出てくるのや！」と、自分でも吃驚するようないい答えを言った。

勇斗が黙っていたので、立て続けに言った。

「坂口香澄と随分前に別れて、その後は逢っていないし、坂口香澄が死んだのはお前の責任と違う。もう気にするな！」と。

勇斗は、うん、と頷いた。だが、僕の顔をじっと見つめて、「それでも、もう一度だけ香澄ちゃんの墓に一緒に行ってくれ」と言った。

僕のバイトの休みの日、勇斗のたっての頼みで、坂口香澄にまたピンクのバラのブーケを買って墓に来た。

コロナ禍で人出はない。寂しい墓地を歩いていると、誰かが後ろをついてくるような気配がした。振り返ったが当然誰もいない。すごく静かだ。坂口香澄は母親と二人でここに眠るけど、やはり寂しいだろうなという思いが過ぎる。

勇斗と二人黙々と歩いて行くと、遠くに見える坂口香澄の墓の前に誰かがしゃがんでいた。女性だ。ママと同じ年格好……？　親戚の人かも。

近づくと地味な服装で勘違いしたけど、僕たちと同世代のようだ。坂口香澄の友達かな？

僕たちが彼女の後ろに立つと、吃驚したのか「あっ」と声を上げ立ち上がった。

「香澄ちゃんの友達なの？」勇斗がにこやかに微笑んで話しかけた。

「僕たちは坂口香澄の中学の時の同級生で、こいつは坂口とちょっと仲が良かったから、お参りに来たんだ」と僕が言った。

「そう。坂口さん、お参りに来てくれる友達がいたのね。良かった。ずっと一人きりだったから」

坂口香澄が一人きり？　友達がいなかったのか……？　じゃあ、君は坂口香澄のなんなの……？　と疑問が残った。でも、彼女は僕たちと喋る気はなさそうだ。帰り仕度でカバンを肩にかけて、出口の方向に視線を走らせた。

その時、別に彼女を引き留めるつもりじゃなく、「坂口香澄は、何で死んでしまったのかな」と、僕としては自然に言葉が衝いて出ただけなのに。彼女は言った。「死ぬしかなかったのよ」と。そして、「じゃあ、お先に！」とすたすたと帰って行った。

この、死ぬしかなかったのよ、という言葉を聞いた時、勇斗は一瞬息が止まったみたいだった。僕も吃驚した。

死ぬしかなかった――？　死ぬしかなかったって、何か追い詰められるような事があったのか？　刑事事件に繋がるような事は何も聞いてはいない。なら、生きていけない何があったのか？

この墓に入っている坂口香澄に何があったのだろう？　彼女の親や中学の時に仲が良かった同級生に聞いても、ただ、鬱だったという事だけしか分からない。鬱になる原因、何があったのか分からない。

今まで坂口香澄の死に関しては、鬱という答えで締めくくり、深く考えなかったけど、何かすごく可哀想になってきた。

勇斗は帰りの間中、口を閉じたままになってしまった。

「お前、どうしてん？　気分が悪いのか？」と僕が聞くと、「ああ」という返事だけが返ってきた。

もしかして、やっぱり、勇斗は坂口香澄を傷付けた別れかたをしたのかなあ？　それで、こんなに気にするのかも？


坂口香澄の墓に行って三日が経った。

坂口香澄の友達の「死ぬしかなかった」という言葉が、あれから消えず、気分が晴れない。勇斗はどうだろう？　あいつの方がもっと気分が滅入っているかもしれない。様子を聞いてやることにした。

「もう、おまえの夢に坂口香澄は出てこなくなったか」と、ラインを送った。

すると、思わぬ返事が返ってきた。その返事は明るかった。

「おう、香澄ちゃんは出てけえへんようになった」

「俺、今、家の仕事を手伝っている。永年勤めとった爺さんが辞めて人手不足なんや。新しい人を雇うには金がかかるからな。そやから朝四時起きや。それで中央卸売市場に行ってる。親父と上の兄貴はまだ仕事してるけど俺だけ九時前に帰ってきた。それで今日は一応オンライン授業に参加した。これはルーティンになって毎日や。そやから、夕方になったら眠たい。俺が忙しいのを気にしてか香澄ちゃんは遠慮してるみたいや」と。

ええっー？　香澄ちゃんが遠慮している？　さすが勇斗や。

それに、勇斗が家の仕事を手伝っている？　信じられない！

そうか、仕事をしているから疲れてよく眠れて、坂口香澄の夢を見なくなったのか。

勇斗の様子を見て、あまりにも気分が滅入っているなら、坂口香澄と別れた経緯を聞いてみようと思っていた。そして、酷く傷付けた別れ方をしていたら、もう一度墓に行って、言葉にして、ちゃんと許しを乞えと言うつもりだった。だが、僕の心配は徒労だったようだ。——何やねん、こいつは？

だが、やはり気になって昼過ぎに電話をしてみた。

「お前、坂口香澄に何か悪い事をしたのと違うか？　それで坂口香澄の死んだ事が気になって仕方がないのやろ？」

「ああ……」

「何をしてん？」

言いよどんでいる勇斗を促した。

「実は、香澄ちゃんと別れた理由は自然消滅って言うてたけど、本当は違うかった。付き合ってても話がだんだん面白くなくなってきて、なんか、香澄ちゃんの事がすごく重く感じてきた。それで逃げた。電話も居留守を使ったりしたけど、一回だけ出たら最後に一度だけ逢おうと言われたから逢う約束をした。そやけど、それもすっぽかした。それから逢ってない」

「やっぱりな！　何かあると思ってた。そやけど、それだけの事やったら坂口香澄の自殺の原因はお前とは違うわ。気にするな！」

「ああ……」

「もしかして、お前、坂口香澄と深い関係やったんか？」

「ええ？　深い関係って……？　もしかして……？　そんなことはしてない！　手をつないだぐらいや。キスもしてない。と言うより、そんなことをする雰囲気にならんかったわ。受験勉強にかかわる話ばっかりされて、俺には分からんから面白なかったんや。それで、逃げた。中三やったし、別れ方がよう判らんかった」

「お前なあ……、……もうええから気にするな」

なんや、こいつ――。

何回も墓参りにつきあわされた時間を返せ、と言いたいわ。それに、坂口香澄自身も何で何回も墓に来るねん、と思てるやろ。

また、緊急事態宣言が延長された。

あれから誰とも会っていない。勇斗は忙しく家業を手伝っているようだし、僕は友達から誘いがあっても金がないし、友達と騒いでコロナ変異株を持ち帰ってはならない。祖母ちゃんはワクチン接種済みだけど、太り気味のママに移しては大変なことになると自覚しているから。

ただ、日課としてオンライン授業のある日は眠気と戦いながら受け、終わると瞬間に目が覚める。その繰り返しで、近頃、完全に生活の面白無さを感じている。おまけに何か訳の分からない焦燥感がありイライラする。それで、じっとしていられなくなり近くの公園まで走って行き、その公園を何周も走り続ける。

マスクが苦しい！　なんで、こんな生き方せんとあかんのやろ。

コロナが終息しても僕は面白い生き方が出来るかな……？

面白い生き方？　それがどんなものか分からないけど、遠い手の届かない無縁のものに感じる。

コロナ……、コロナ……、全然、面白くない。

面白くない全てをコロナのせいにしているけど、本当は僕自身の持っている何かが原因で面白くない生き方しか出来ないのかも？　生きていても仕方ない……、いつかは死ぬのに、こんなに面白くないのに生きている価値があるのかな……？

ああ、こんな考えに陥ったらあかん――。

この頃、何か生きることに消極的になっているな。普通に生きることに自信が持てない。

それでも夕方になればバイトに行き、余った野菜や果物を貰って帰り、祖母ちゃんを喜ばせている。

昨日、勇斗からコロナが落ち着いたら海に行こうと誘いの電話があった。ああ、と返事はしたものの、遊びに行く気力が湧かない。それに、遊びに使える金がない。コロナが落ち着いたその時がきたら何か理由を付けて断ろう。

僕はベッドにごろりと横たわって目を閉じた。

眠れない夜が続く。眠気は遠のいている。

ここ暫く、曾祖父さんの文章に触れてなかったな。

今夜は、何となく曾祖父さんの生きてきた時間、それをまた読んでみようかと思った。バラバラの罫線用紙でまだ読んでいないのがあったし。

曾祖父さんの文章。

松井君が先立った。胃の具合がおかしいと病院に行った時には手遅れであった。このような時に傍で世話をしてくれる細君がいれば気も安らぐが、残念なことに先に亡くなっている。遠くて見舞いに行けていないうちに逝ってしまった。

松井君と最後に会ったのは二年前になる。その時は山中君と三人で人吉の温泉に泊まった。宿の裏手に球磨川が勢いよく流れていた。川の中程に水から少し先が出た石があり、そこに小さな鳥が留まっていた。何とも危うく見える。松井君は目を細めて、あげんな所で羽を休めちょる。と鳥の心配をしているのだ。この日、松井君は酒に酔い、私を見て、ごうごうと泣いた。よう生きていてくれた。よう生還してくれた。と何度も同じ事を言ってはまた泣いた。そして、何故に貴様ばかりが損な役ばかり負わされると言う。しかし、私はこうして生きているではないか。私と一緒に拘束された参謀本部のあの人はどうなったのか分からない。生きて帰ったと風の便りにも聞かない。また、共に捕虜となった萩原氏、入船氏、木津氏の悔しくてならない死。其れを思えば、こうして生きている私は、懐かしい人達との再会が叶い、語り合える時を持てた。これ以上、私としては何も望むことはない。

私はこれまで何度も危険な目にあい、幾度も苦難が襲いかかり死の淵を彷徨ったが、其れでも生きている。戦場でも抑留地でも絶体絶命の窮地に陥った時も、戦後に商売をして不況という嵐に見舞われた最中（さなか）であっても何故かこのまま終わる気がしなかった。やり抜く気持ちが消えなかった。底に落ち、苦難がのし掛かり逼迫しても、自分のやらなければならぬ事をやる。苦しく追い詰められるが、ただ、やり抜くという気概がどこかにあった。

――この文章を読んで、僕自身、ちょっとヘタレかもと感じた。

やり抜くとか、自分のやらなければならぬ事をやるなんて言葉に、ちょっと気後れがした。

だけど……、やる？　やるって、今の僕に置き換えたら、何をやるねん？　そうや、時代も環境も違う。ヘタレを感じる必要なんてない。立場が違う。だが……、何か回避のような……。

ああ、僕には必要な金がなくて時間だけが有り余っている。考えなくてはいけないことはあるけど、どう考えていいのか分からない？

悲観的な自分を蔑みながら、曾祖父さんの文章に集中した。

折れ曲がった紙の曾祖父さんの文章があった。

土谷が二階の自宅に於いて寝たばこの自身不注意から出火。一旦は階下まで逃れたが北支事変出兵に対し金鵄勲章を貰い、それを二階に置いてあるので再び取りに戻った後、焼死してしまった。

勲章とは其程名誉なものであろうか、人の世には表と裏とに大きな矛盾がある。支那事変とは何だったのだろうか、現中国に対する日本軍の一方的侵略戦争に外ならないのである。其の為、どれ程、現地の民衆に暴行、略奪、強姦、果ては殺人、放火まであらゆる悪事の数々を行い、日本人に対する恨みは半世紀以上経っても、今日に於いても現地の人は絶対に忘れる事はなく、生きている限り続くであろうに。

また、日本人間に於いても、若しこの不都合な行為に対し少しでも反戦的言動を漏らさば非国民として弾圧を受け生活が出来たものではなく、又若し戦争に勝利して居れば其の主導者達は神となりしが、幸か不幸か敗戦により戦争犯罪者として国民からも昨日と一転された。

其の勲章が名誉なのか。

――いろんな人がいるな！　勲章の為に焼死した……？

金鵄勲章って、いったいどんな物かな？

ネットで検索をしてみれば、軍人・軍属に与えられた勲章と書かれていた。そして、それらはネットオークションに出されていた。なんと高い物でも十万円を切っていた。安い物になれば、三千円ほど？　死んだ曾祖父さんの戦友が知ればショックを受けるやろな。

曾祖父さんの勲章は全部北朝鮮の大地に埋めてきたらしい。軍刀に銃。衣類から曾お祖母ちゃんの着物類まで。それなら曾祖父さんには何が残ったのやろ？

曾祖父さんが志願してから日本が敗戦国になるまでの十九歳から三十一歳までの十二年間、それとソ連に抑留された四年半と戦争に関わってきた年数。一生のうちの五分の一くらいかな。その時間と引き換えの何か？　その後の人生にプラスになる物……？　何もない。名誉もない。着の身着のままで捕虜を解放されて自国に帰還したのに……。

そうだ、いつだったたか、僕が「バイトに着ていく服がいつも同じで、新しいのを買いたいけど金がない。生き辛いなあ」なんて思わず愚痴ったとき、加恵おばあちゃんが、それを聞いていて言った。「生き辛いって？　何を大袈裟な。あんたの曾お祖父さんは一生懸命に働いても、家族を養うのにお金の余裕がなかったから、自分は帰還したときに穿いていた軍袴と言った軍服のズボンを私が小学生くらいまで穿いていたわ」なんて。

その時、加恵おばあちゃんに言ってやった。何言っているのか解らない。時代錯誤も甚だしい、と。そんな昔の人と比較して理解に苦しむ。比較の対象にもならない。

曾祖父さん、本当に何もなかったのだ。ＧＨＱのせいでまともな仕事にも就けなかったし、苦労するために産まれてきたみたいやな。商売を始めるまでは港で荷物運びの仕事をしていたと加恵おばあちゃんは言っていたこともあったしな。

しかし、軍人恩給を貰えたと加恵おばあちゃんと祖母ちゃんが話していたのを聞いたことがある。たしか、僕が二十歳になったら国民年金を払わないといけない、なんて話から始まり、曾祖父さんの軍人恩給の話になった。

なんでも、曾祖父さんの所のお隣のお婆さんが「うちの主人は召集で戦争に行ったけど軍人恩給が貰えない。どう調べてみても年数が足りなくて残念だわ」と言うと、曾お祖母ちゃんは「うちは沢山貰えて助かるわ」って自慢して、隣の人が羨ましがっていた話。それに、戦争期間だけじゃなくて、途中から抑留されていた期間も加えられ金額が増えたって話。

その時は入金される金融機関に政府から届いた書類を持って手続きをしに行かなきゃならなかったみたいだ。だけど、曾祖父さんは、死んだ人を思えば要らないなんて手続きを拒んだようだ。でも曾お祖母ちゃんは、まだまだもっと貰おうと思えば不正ではなく正しく貰えるのにと、傷痍軍人の分は貰ってないのに、この分くらいは手続きしなはれと言っていたらしい。

その傷痍軍人の分とは、曾お祖父ちゃんが鉄砲の弾が口から喉を貫通して傷痍軍人の手続きをすれば、もっといっぱい貰えたらしかった。

よく解らないけど、口座のある郵便局の局長さんにも国から通知がいっていたのか？　抑留分の手続きを早くしてくれと言いにこられたとか。それで、曾お祖母ちゃんはいそいそと曾お祖父ちゃんを急かせて手続きに行ったそうだ。

その話をしていたときも祖母ちゃん達姉弟や曾お祖母ちゃんは、曾祖父さんの軍人恩給で自分達の振り袖や着物を買ったり、曾祖父さんが行きたがらないので、自分達だけでお食事や旅行にも行ったり自由に使って楽しかったなんて言っていた。

曾祖父さんにとっては、この軍人恩給が一生の五分の一の時間、戦争に関わった時間の代償に相当する物なのかなあ？

祖母ちゃん達が話していたあの時、僕は何も考えずに聞いていた。だが、軍人恩給の内容は酷な時間の代替なのに……。今、思えば信じられない。

酷い、無神経やな！

翌日、僕は黙っていられなくて加恵おばあちゃんが来た時に言ってやった。

「曾祖父さんの軍人恩給を自分達の着物やエンターテイメント的な物に使って、後ろめたくはなかったの？」と。すると、加恵おばあちゃんは平然と言った。

「お父さんはそれで良かったのよ。それで、平穏を感じていたのだから」と。

ええーっ？　曾お祖父ちゃんはそれでいいと思っていたみたい？　それで、平穏を感じていた？


朝、目覚めたらモヤモヤとした夢の余韻のようなものが残っていた。なんか残影がある？　夢の中の場面か、それを一つずつはっきりさせていく。

あのいつもの兵士だと思う。そいつが川縁に座って何かを食っていた。多分、乾パンてやつだろう。そして、飯盒の蓋で川の水をすくいゴクリと飲んだ。僕がそれをじっと見ていたら、そいつは僕を見て、「お前は、お前のモノを喰え」と言った。見たことのない場所、草ボウボウの川の土手で滑り落ちないよう足にエッジをかけ、背の高い草むらに隠れて携行食を食っている兵士、そいつは曾祖父さんだ。確かに曾祖父さんだ。あの写真のイケメン。

僕はその川縁に立っていた。洗い晒しの紺色のシャツに膝の破れたデニム姿で？

何でこんな夢を見たのだろう……？

この日の朝、食パンを食っていて、ふと昨日の夢を思い出した。

あの兵士が食っていた乾パン、どんな味なのかなあ？　僕は食べたことがないから分からない。今は災害時の非常食用としてスーパーなどでも売られているが、美味くないような気がする。しかし、兵士は満足してか、仕方ないからか当たり前のように食っていた。

僕は食パンのミミを囓って、ふと思った。

「お前はお前のモノを喰え」と言ったあの兵士、もしかして、「お前も、お前で自分の人生を生きろ」と、言ったのかも。

僕は口の中に食パンの耳を入れたまま、このことを考えていたら、固まったように口も手も止まっていた。

その時、「貴久、あんた大丈夫か……？」と祖母ちゃんの声がした。

顔を上げると祖母ちゃんが心配そうに、僕の顔を覗き込んでいた。

——大丈夫や、ばあちゃん！

あとがき

この本にて戦争に関わった者の痛みを読み取って頂けたなら幸いに思います。

これは、私の両親の戦争に関わった事実を元に書き上げました。若い頃の父の戦争という概念は想像と実体験に大きな違いがあったようです。

今も地球上のあちらこちらで戦争や内乱が起こっています。多くの戦争は陣地取り、独裁を強いる争いからですが、根本的には多くの人を殺めることになります。人を殺さなきゃならないのが戦争だとしたら、また戦争だからと殺されてもしかたないというのなら、その戦争に関わるのはとても苦しいです。でも、自分の国を守らなきゃならない状況に陥れば、どうすればいいのか。いくら考えても、私には答えはでないままです。

著者プロフィール
秋月 久仁子（あきづき くにこ）
奈良県在住

曾祖父さんの生きた時間！

2023年２月15日　初版第１刷発行

著　者　秋月 久仁子
発行者　瓜谷 綱延
発行所　株式会社文芸社
〒160-0022　東京都新宿区新宿１－10－１
電話　03-5369-3060（代表）
03-5369-2299（販売）

印刷所　株式会社暁印刷

ISBN978-4-286-28052-3